宇宙の足跡

sora no ashiato

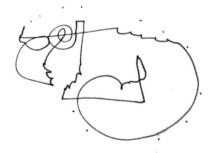

作 山元 加津子

絵 谷 真理子

部屋の灯りを消すと、
天井の大きな窓から
たくさんの星が輝いているのが見える。

月の大きな日には、
ベッドが四角い窓の形に照らされていることに
気がつく。
ベッドに横になって、
星や月やそして濃紺の宇宙のことだけを考えていると、
目をつぶっても、そこにはひんやりとした宇宙があり、
たくさんの星がきらめいているのが見える。

紺色の宇宙は私の心の中を同じ色でいっぱいにして、
私の体はやがて、宇宙に融けていくのだ。

私は、実感する。
私は今、宇宙とたしかにつながっている……。

大学の授業が終わると、私は毎日、アルバイトに通っている。お金をためて、外国へ旅に出かけるために……。

　　それは、私とあきらが何度目に会ったときだっただろう。

　　日曜日、私たちは街の中を、手をつないで歩いていた。

　　街路樹の向こうの方で、誰か男の人が、大きな声で何かを叫んでいた。

「通ります。通ります。通ります！」

　　男の人の周りには、人だかりができていた。

　　あきらがつぶやいた。

「あ、兄貴だ」

「お兄さん？」

「うん、ここにいて」

　　あきらは人の輪の中へ入っていった。私は、どうしてだかわからないけれど、そうするほうがいいような気がして、あきらについて行った。

「すみません、ちょっと通してください」

　　人ごみをわけて、あきらは男の人の方へ進んで行った。

　　私もあきらのあとを追った。

あきらは叫んでいる背の高い男の人の背中をそっとたたいて優しい声で言った。
「にいちゃん、どうかした？」
「あ、君。この人のご家族？　工事中だから通れないって言うのに、この道をどうしても通りたいと言って聞かないんだけど、どうしたらいいのかな」
「すみません。兄は自閉症で、毎日この道を通ると決めているものですから」
「自閉症？　うーん、でも、困るんだよね。危ないから……。ほら、すぐそこを右に曲がると、またあっち側に出るから」
　ヘルメットをかぶって作業着を着た温厚そうなおじさんは、指をさしながら、少し困った顔をして言った。

　おじさんの声を聞いてもお兄さんは必死に言い続けていた。
「通ります！　通ります！　通ります！！」
　怒っているみたいだった。顔を真っ赤にして、自分の頭を何度も何度も自分で殴っていた。足をどーんと踏みならした。お兄さんは泣きそうだった。まるでひきよせられるように、私はお兄さんに近づいた。

そして、お兄さんのそばで、
「あきらくんのお兄さん」と小さな声で呼んだ。
　それだけだった。

　それだけだったけれど、あきらくんのお兄さんは怒るのをやめて、私の顔をじーっと見た。
　お兄さんの真っ赤な顔がスーッと白くなるのがわかった。
　そしてゆっくりと、抑揚のない口調で
「僕は、あきらくんのお兄さんです」と言った。
　お兄さんはもう怒っていないみたいだった。それからお兄さんは私の手をとってくれた。もう道のことを忘れたのか、私と工事中じゃない道を歩き出した。
「驚いたなあ。何か魔法使った？」
「何も。ただ、『あきらくんのお兄さん』って呼んだだけ。そうしたら、『僕はあきらくんのお兄さんです』ってお兄さんが言ったの。それだけなの」

　そのときのあきらの様子を私はずっと忘れることはないだろう。

あきらはたぶん本当は泣き虫じゃないと思う。でも、そのとき、私はあきらの二度目の涙を見た。

　あきらのその涙を思い出すだけで、私は、あきらのことがもっともっと大好きになる。

　あきらとあきらのお兄さんと一緒にいると、私は亡くなったおばあちゃんのことを思い出す。たぶん、空気のにおいが同じなんだろう。心地よさが同じなんだろう。

おばあちゃんが亡くなったのは、私が１２歳のときだった。元気だったおばあちゃんが、ある日急に病気になった。

　そしてベッドに寝付いていることが多くなった。

　私はおばあちゃん子だった。おばあちゃんは、私の何もかもを愛してくれた。

　そして、私はおばあちゃんの何もかもが好きだった。

　その日、おばあちゃんの部屋に入っていくと、おばあちゃんは珍しく、ベッドから起き上がっていた。そして、ベッドの上で般若心経をあげていた。

「ねえ、おばあちゃん。お経なんて、縁起が悪いよ」

　おばあちゃんは私の名前を呼んでほほえんだ。私の体を抱き寄せて、手で髪の毛をとかしてくれた。おばあちゃんは寝込んでいても、いつだっていいにおいがした。

「縁起が悪い？　うふふ、だいじょうぶよ。
　おばあちゃんはただ、つながっていたいだけなのよ」
「つながる？」

「そうよ。おばあちゃんはお経をあげると、亡くなったおじいちゃんに会えるの。

　おじいちゃんが心に入ってきて、おばあちゃんは幸せになれるのよ。

　おじいちゃんだけでないのよ。仏様や神様ともつながれるの」

　そのあとおばあちゃんは私に不思議なことを言った。

「おばあちゃんね、お経をあげていてわかったことがあるの。

　おばあちゃんがね、まだ小さいとき、そうね、まおくらいのとき、おばあちゃんのおばあちゃんが、お経をあげてたし、おばあちゃんのおじいちゃんもあげてたの。おばあちゃんはね、どうして、みんながお経をあげるのかわからなかったの。でもね、まお、今はわかったのよ。人はね、みんなつながりたいの」

「つながりたい？　つながりたいって、死んだ人や仏様とつながりたいっていうこと？」

「ううん、まお、それだけじゃないのよ。おじいちゃんや仏様だけじゃないの。まお、何もかも、すべてとつながるのよ。

　空にも、海にも、人にも……。そう、生きた人にも死んだ人にも、それからね、これから生まれる人にもよ……。まおにはまだ難

しいかな？　でもね、まおなら、きっとわかるわ。まお、つな
がる方法を見つけてごらん。おばあちゃんは、まおに見つけて
ほしいな。

　別にね、お経じゃなくてもいいの。つながれる方法はたぶん
いっぱいあると思う。まおも自分の方法を見つけてごらんね」

　そしておばあちゃんは楽しい計画でもうちあけるみたいに
にっこり笑って、私の耳元でささやいた。

「あのね、まおに特別の内緒の話をするからよく聞いてね。
　おばあちゃんは、もうすぐ死んじゃうの。
　だめだめ、そんな悲しい顔しないでね。
　おじいちゃんや、それからつながった世界がね、おばあちゃ
んに、もう少ししたら来てもいいよって笑ってくれたの。
　お経をあげていたときに、おばあちゃんに教えてくれたのよ。
おばあちゃんはぜんぜん怖くないの。むしろうれしいの。
　まお、おばあちゃんはいなくなっても、いつもまおのそばに
いるわ。おじいちゃんがおばあちゃんのそばに、いつもいてく

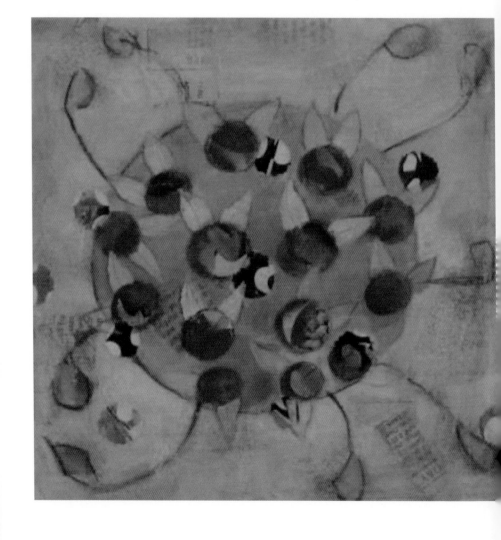

れたようにね。いつかまおも、つながる方法がみつかったら、おばあちゃんと、もっともっといっぱいお話をしようね」

　大好きなおばあちゃんが死んじゃう。私のそばからいなくなる。胸がしめつけられるようだった。

　おばあちゃんはいつも、私を受けとめてくれた。ほかの大人の人が私のことを、どんなに「変わった子だね」「変な子だね」と言っても、おばあちゃんはいつも言い続けてくれた。
「まおはまお。それが、まお。
　だからこそいいの。ねえ、まお。だからこそ、おばあちゃんの大切なまおなんだよ」
　私は声をあげておばあちゃんのひざに顔をうずめて泣いた。いつまでも泣いていた。

　私は学校が終わると、家へかけもどり、いつも真っ先におばあちゃんの部屋にやってきた。おばあちゃんが病気になってから、いっそうそうなった。私がベッドにいるおばあちゃんの身体に顔をうずめるとおばあちゃんはいつも私を抱き寄せるよう

にして、私のおかっぱの髪をなでてくれた。

　おばあちゃんはいつもいつもいいにおいがした。心がほっとして、眠くなるようないいにおいだった。

　おばあちゃんは私にとって、なくてはならない人だった。おばあちゃんがなんと言おうと、私はおばあちゃんがいなくなることがあるなんて、考えることもできなかった。

　それでも、やっぱり、おばあちゃんの言ったとおりおばあちゃんは、そのあとすぐに死んでしまった。

　おばあちゃんの部屋の入り口に大人がたくさん立っていて、みんなが一心にその瞬間を見つめていた。

　私は廊下の壁に体を押しつけていた。息をひそめて、どんな音も聞き逃さずにいようとした。

　母が私を呼んだ。私は大人の人たちの一番前に連れてこられた。そこはおばあちゃんのすぐそばだった。

おばあちゃんの手をにぎったら、おばあちゃんの手は子ども
の私の手と変わらないくらい、すごく細くてなんだかとても小
さかった。

　そのすぐあと、少しも苦しまずに、眠るように最後の瞬間が
来た。
　おばあちゃんはゆっくりと優しくふんわり笑って、そのまま
亡くなった。

　おばあちゃんは私たちに最高の笑顔をくれた。

　おばあちゃんのお葬式の日は、とてもいいお天気の秋の日だっ
た。空が青くて、あまりに青くて、私はまた泣きそうになった。

　たくさんの人がお参りに来て、お葬式が始まった。私はお母
さんとお父さんの後ろにちょこんと座っていた。
　ときおり悲しみが波のように押し寄せてきて、涙がとまらな

かった。金色の衣を着た、何歳かわからないくらい年をとって
見えるお坊さんと、一人はやせていて、もう一人は太っていて
めがねをかけている、二人の若いお坊さんがやってきて、おば
あちゃんの写真の前に座った。
　おじいちゃんのお坊さんが、懐からお経を出して読み始める
と、その低い声に二人の声が重なった。

　周りの大人の人も、その声にあわせて、小さな本を出して読
み始めた。お経の声が幾重にも幾重にも重なって私を包んだ。

　そのときだ。
　空気中からきらきらした雪の結晶のようなものが生まれて来
るのが見えた。

「何？　あれは何？」
　そのとき、私はどこかでおばあちゃんが「うふふ」と笑った
気がした。
　見上げたら、おばあちゃんはおじいちゃんと一緒に手をつな
いで、天井で笑っていたんだ。

「よかったね、おばあちゃん」

　それが、私が〝キラキラ雪〟を見た最初の瞬間だった。
　お葬式のあと、おばあちゃんは海の近くにある火葬場へ連れて行かれた。
　私はおばあちゃんが燃やされるところを見たくなくて、外に出た。火葬場は小高い丘の上にあって、すぐ向こうに青い青い海が見えた。

　私はときどき、その海の青さを思い出す。
　そして空の青さを思い出す。私はそんなとき、
　自分が透明になって、空にとけていく気がする。

　あの日、見た海の青
　あの青はあの日だけの青
　あの日、見上げた空の青
　あの青もあの日だけの青

　青い色

空も、海も
青い色
そして心も

みんなみんな青い色
青い色はつながる色だ。

　海の反対の方向には川が流れ、川をたどると遠くに山が見え
た。
　山のふもとの色づいた大きな銀杏の木が遠くからでもはっき
りとわかった。

　今でも、銀杏を見ると、その日のことが思い出される。
　秋が深くなって銀杏がだんだんと色づいて燃えるようにそこ
に立ってる。
　その景色は、私にとっての、おばあちゃんの大きな笑顔だ。
　黄色い銀杏のその先から、なぜか地球のエネルギーが空へ帰っ
て行くように思える。そして美しいなあと思うのだ。
　おばあちゃんは私に

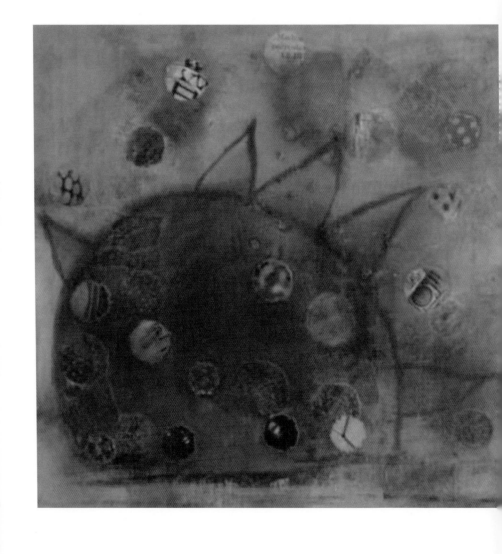

「まおもつながる方法を見つけてごらんね」と言った。
　それは、言うなれば大好きなおばあちゃんから私への遺言だ。

　私はそのとき以来、ときどき空気から結晶化してくるようなその〝キラキラ雪〟が見えるようになった。

　コンサートに出かけたときだった。クライマックスで、女性のジャズシンガーが目をつぶり、体を揺らしながら歌を歌った。スポットライトの中で〝キラキラ雪〟が生まれているのが見えた。
　シンガーは涙を流し、聞く人も涙を流した。そして私も泣きそうになった。

　〝キラキラ雪〟はシンガーの周りだけでなくて、聞いている人の近くにも現れた。
　きっと、〝つながっている〟んだ。

　フラメンコを見に行ったときにも、〝キラキラ雪〟は現れた。舞台の上はギターがリズムよくかき鳴らされ、その響きは、聞く者の体を揺らしていた。カスタネットの音、ダンスの靴音が会場をつつみ、ダンサーの長いスカートが何度も空を舞った。

ダンサーの激しい踊りはどんどんスピードを増し、彼は、自分で踊っているのか、何かに踊らされているのかわからないのじゃないかと思った。

　そのときだった。〝キラキラ雪〟が空中からダンサーに降り注ぎ、ダンサーをつつんでいくのが見えた。〝キラキラ雪〟はやがて、客席全体に広がっていった。

　友だちのマラソンを応援に行ったときだった。４２．１９５キロ……気が遠くなりそうな距離だ。
　私は、２０メートルだって息を切らさず走ることができない。
　一番の人が、トラックに入ってきた。リズミカルな手と足の動き。観客席の歓声がどんどん高くなってきた。
「あ、〝キラキラ雪〟」
　ランナーの周りに〝キラキラ雪〟が輝いているのが見えた。
　大きな声でつぶやく私に友だちは不思議がった。
「まお、何を言ってるの？」
　走っている人もつながれるんだ……。
　つながるってどういうことなのだろう。いったい何とつなが

るのだろう。つながっている本人はつながっていることに気がついているのだろうか？

「まおもつながる方法を見つけてごらんね」
　おばあちゃんはそう言ったけれど、私は自分でつながる方法をなかなか見つけることができなかった。
　どうやったら、私はつながる方法を見つけることができるんだろう。

　私はいつも、空を見上げる。
　空には月があり、星があり、風がある。
　山よりも、ビルよりも、
　空は大きい。
　私が生まれて見たものの中で、
　何よりも大きいものは
　空かもしれない。

　受験勉強をしていても、私は何かにつけて、いつも空を見上げていた。窓の外の桜の木が、窓の枠で切り取られて絵のよう

に見える。

　　もう散り始めた桜の花びらが
　　あまりに潔いのは
　　散ることは、
　　来年の準備だと
　　知っているからだろうか。
　　桜の季節が終わると
　　やがて菜の花が咲き出し、
　　約束したように、つつじが咲き出す。
　　いったい花たちは誰と約束をしているのだろう。

　　大学へ進学してバイトを始めた。外国へ旅をしたかった。
　　行き先はどこでもよかった。ただ、私はなんとかして自分で
つながる方法を見つけたかったのだ。
　　テレビで、アフリカの人たちが太鼓を打ち鳴らすのを観た。
ヒンズー教徒が地面に頭をすりつけるようにして祈っている姿
を観た。

テレビではわからなかったけれど、もしそばで見ていたなら、〝キラキラ雪〟が見えたかもしれないと、そんな気がしてならなかった。

　外国へ行ったからといって、自分がつながる方法を見つけることはできないかもしれないけれど、私はもっともっとつながっている人を見つけたかったし、見ていたかった。

　夏の入り口がやってきた。

　あじさいの花の固まりは
　それだけでひとつの宇宙のように見える。

　雨の日は雨のうれしさがあるし
　晴れた日には空をかけあがるようなうれしさがある。

　いつのまにかひまわりが大きくなって
　小さなつぼみをつけている。
　知らないあいだに

まるでこっそり大きくなったみたいに。

　そして、その年、初めて見た月見草は、気がつけば、星の形
をしていた。まるで、夜空に咲く星と、話し合っているみたいに、
そっと　そっと　咲いていた。
　花も森も海も、もしかしたらつながる方法を知っているのか
もしれない。帰っていく場所を知っているのかもしれない。

　そうだ、人だってみんな帰っていく場所を持っているのかも
しれない。
　私の帰っていく場所はいったいどこなんだろう。

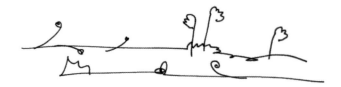

夏休みになった。

　最初に出かけたのはネパールだった。飛行機を降りると、すぐに不思議な気持ちが私を包んだ。この空気、この感じ。
　初めての場所なのに、どうしてこんなに懐かしい気持ちがするんだろう。

　空港を出て、すぐに赤いネパールの服を着た女性が、お寺にたくさん集まっているのが見えた。
　友だちになったガイドのリータが「お祭りです」と笑った。
「ネパールでは、住んでいる人の数より神様の数の方が多いから、お祭りも毎日。
　虫も鳥も動物も、海も、山もみんな神様だから」

　ボタナート寺院についた。
　ネパールのお寺の壁に、きれいな弓の形の眉毛と眼力をもった目、そしてうずまきになった鼻、なぜか口のない仏陀の顔が描かれてあった。

「この目は四方を見渡す仏陀の知恵の目です」
「悪いことをしないように見張っているの?」
「見守っているのです」
　リータはまた優しく笑った。

　ストゥーパに向かう途中には、法具がたくさん売られていた。にぶい銀色と金色の道具が、道の前に広げられた黒い厚手の布の上に、たくさん並べられていた。

　有名なのはマニ車。赤ちゃんをあやすガラガラのような形で、ガラガラの部分の先におもりがついていて、持ち手を回すようにすると、ガラガラの部分が回るのだ。
　中にはお経が書かれた巻物が入っていて、一度回すとなんとお経を一回読んだことになるという。くるりと一度回しただけで、お経をひととおり読んだことになるなんて、なんてすごいんだろう。
　お寺の建物の周りにも、手に持つタイプではなくて、作りつけのマニ車がずらりと壁につけられていた。これも手で一回しするだけで、お経を一通り、一回読んだことになるそうだ。

リータはとても物知りだった。
「マニ車にはオンマニベメフンという言葉が刻まれています」
「オンマニベメフン？」
「日本の南無阿弥陀仏と同じ。ありがたくちょうだいしますという意味です」
「ありがたく何をちょうだいするの？」

　　私は自分があまりにも何も知らないことが少しはずかしかった。
「自分です。ありのままの自分自身、それから自然、それから出来事。
　　自分の周りにある、あたえてくださったもののすべてに、ありがとうと感謝しているという意味です」

　　リータの説明が始まった頃に降り始めた雨が、大粒になってきた。雨が強くなってきても、人々はそれでも、お祈りのために、ストゥーパの周りを歩き続けるのをやめなかった。

　　私たちはそばにある曼陀羅屋に入った。いたるところに、高

価な曼陀羅がかけられていた。

　曼陀羅はとてもきれいだった。少年のころから修行をした絵描きが、一枚何ヶ月もかけて描くのだそうだ。

　すごくきれいだけれど、絵を一通り見たら、買うという気持ちもないので、また外を眺めていた。

　雨はどんどんひどくなり、バケツをひっくり返したようになった。

　雨はあたりを不思議と輝かせた。雨の向こうの石も草も木も、濡れて鮮やかな色を見せる。だから激しい雨でも、全体がきっと不思議と輝いて見えるのだ。

　土砂降りの雨の中を歩くお坊さんは、菩提樹の実をつなげたお数珠の珠をひとつひとつ数えながら、歩いていた。
「お数珠の数は１０８つ。除夜の鐘の数とおんなじです。
　数を数えて歩くことも、また祈りのひとつなのです」

　１０８つだとわかっているのに、どうしてそんなに何度も数えるのだろう。

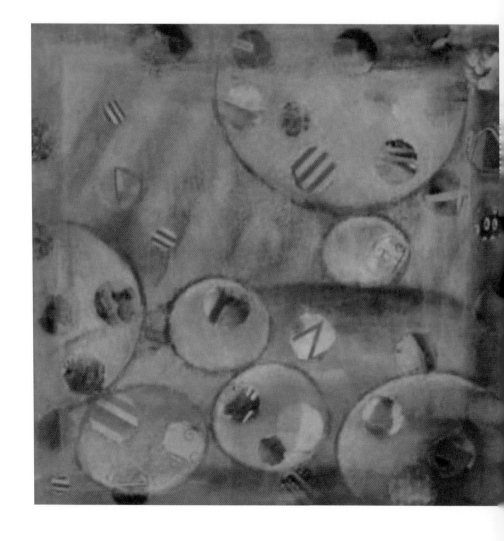

お坊さんの周りに、〝キラキラ雪〟が生まれているのが見えた。大雨の中でも、ちゃんと見えた。お坊さんは数珠を数えることで、つながることができるんだ。
　あんなに降っていた雨が、少し小降りになった。

「今だ！」
　私たちは飛び出した。
「この建物は、もうそれ自体が曼荼羅になっているのです。
　だから、お参りする人はたくさんつらなってあるマニ車を一個ずつ回して、オンマニベネフンを唱えながらこのストゥーパを右回りに何度も回るのです。
　ストゥーパを回るときはいつも時計回り。マニ車も時計回り。そうしないと大変なことになります」

　どんな大変なことになるのかわからないけれど、とにかく私たちは大変なことになるといけないので、時計回りに歩いた。
　ストゥーパの周りの備え付けのマニ車を一回ずつ回して歩いたから、私たちはそれこそ百回も二百回も、お経を読んだことになる。なんてすごいんだろう！！

私も他の人のまねをして唱えた。
「おんまにべねふん、おんまにべねふん…」
　チベット様式の着物を着た人たちもずっと口の中で「オンマニベネフン」を唱えながら、歩き続けていた。たくさんの〝キラキラ雪〟があたりを舞っていた。

　〝キラキラ雪〟が見えると、私の体の中を何かすがすがしい空気が通り抜ける。

34　　　この人たちはどうして、こんなに何度も何度も回っているのだろう。いったい何を祈っているのだろう。

　祈ることは、願いを唱えることだと思いこんできた。
「いいことがありますように、うれしいことがおこりますように、お金持ちになりますように……」
　でも、そうじゃないんだ。数珠を数えている人も、ひたすらストゥーパを回り続けている人も、してほしいことを祈っているようには見えなかった。ただ、ただ無心に見えた。
　祈るということは、きっとつながることなんだ。おばあちゃ

んがお経を読んでつながれたように、祈ることはつながること
なんだ。

　そして、もうひとつ。きっと、祈るということは、リータが
教えてくれたように、与えられた自分や、与えられた人生をあ
りのままに受けとめていくことなのかもしれない。

　ネパールでは、いたるところに曼陀羅があった。
　そして、人々は、朝、昼、夜、いつも神に祈り、神とともに
生活をしていた。
　曼陀羅で表されている仏の教えを、リータは自然な感じでよ
く口にした。
「生きていると、いろいろなことが毎日起こります。そのどの事
柄も、必ず意味があるのです。そして人は神様が決めた毎日を、
一生懸命に生きることが大切なのです」

　リータは、何も知らない私に、とてもていねいに教えてくれた。
「ねえ、リータちゃんはどうしてそんな大事なことを知っている
の？

それともネパールの人はみんな知っているの？」
「祈っていれば、神様が教えてくれます」
　リータが断言した。そのときのリータはまるで観音様みたい
に神々しく見えた。

　おばあちゃんは、『お経さんをあげたらわかった』と言った。
リータも『祈っていれば教えてくれる』って言った。同じだな
あとぽつりと思った。

36　　人は生まれる場所も時代も、それから育ちも何も選べない。
走るのが速いとか、絵が上手とか、顔立ちも、指の長さも、穏
やかだとか、すぐに腹を立ててしまうとか、人生のたくさんの
ことを左右する遺伝子も、何もかもを選べない。
　人生をもし船に乗っていくことにたとえるなら、私たちは、
船に持ち込むカバンの中身はけっして選ぶことはできないのだ。
選ぶことのできなかったカバンの中身が原因で、毎日いろんな
ことが起きる。自分の与えられたものも選べない代わりに他の
人が与えられて持っている荷物を責めることもできない……。
　けれど、どの人生もどの荷物も、どれが黒くてどれが白いとか、

どれが良いとか悪いとかそんなことは言えないのだ。
　私たちは、ただ、自分は与えられた人生を一生懸命、船に乗って、今日も前へ進むために船をこぐしかないのだ。

　そしてリータは、「どのことにも意味があるのです」と言った。リータはそれが、大切だから、必要だから起きるのだと言いたいのだろうか？

　顔をあげると、仏陀の知恵の目が、優しく笑っているように見えた。ネパールの人にとって、あの大きな目は、つながっている宇宙の象徴なのかもしれない。

　おみやげ売りの人たちに混ざって、小さい子どもたちの何人かが、とても悲しそうな顔をして、口に食べ物を持って行くジェスチャーをして、私たちに手を差し出していた。
　「ルピー」とか「キャンディ」とか、ときには「十円ください」と日本語で話す子もいる。
　おみやげを売っている子どもたちの明るい表情とは違って、「ルピー」と手を差し出す子ども達はまるで目に涙をためている

ようにも見えた。

　１ルピーは日本円でも３円くらい。１０ルピーだって１００ルピーだって、今の私は渡すことはできる。

　それで、この悲しそうな子どもたちが笑顔でいられるのなら……。

　けれど、私は、どうしてだかちゃんと言えないけれど、そうしてはいけない気がした。

　片方ではいっぱいのおみやげを手にして、大人としっかりと交渉して、笑顔で仕事をしている子どもたちがいる。

　その近くで、おどおどしながら、お金をくださいと、手や服を小さな手でひっぱって、話す子どもたちがいる。

　お寺などの入り口では、門番に、お金をねだるために中へ入ろうとする子どもたちが、ひどく叱られて、服のえりをもたれてつまみ出されていた。

　ガイドさんに「シッシ」と追い払われている姿もみた。

　けれどもリータは、そうではなかった。お金をねだる子どもたちの頭にやさしく手を置いて、じっとその子を見つめ、そして何かをさとすように話している。

子どもたちは門番に追い払われても追い払われても、中へなんとか入ろうとしていたのに、リータに話しかけられたあとは、少なくともリータの近くでお金をねだろうとはしなかった。
　いったい何が子どもたちの様子を変えたのだろう？

「リータちゃん、子どもたちにどんなことを言っていたの？」
　リータは大きな目で、とても真面目な顔をしていた。

「私は子どもたちに、お金をくださいと言ってはいけないと言いました。お金がなければおみやげを売りなさい、仕事をしなさい。働かないでお金をもらうのは、誇れることじゃないと言いました。観光客は一度だけです。通りすがりにお金を渡すことは、簡単です。でも子どもたちは一度苦労しないでお金をもらうと、その方がおみやげを売るよりずっと容易にたくさんのお金を手にできるから、働かなくなります。ほどこしを受けるときの惨めな気持ちは人を悲しい気持ちにさせる。そして子どもたちは小さいあいだしか、お金をもらえません。大きくなって、働くことが身に付いていない子どもたちは、とても困ることになる。だから私はガイドしているとき、お客さんに"お金はあげられ

ないよ"と言ってくださいと話しているんです」

　そしてリータは、笑って言った。
「お休みの日は子どもたちが集まる場所に出かけて、文字を教え
たり、折り紙を教えたり、本を読んで聞かせたりしています」
　子どもたちのことを心から愛して、真剣に考えているリータ
の言葉だから、きっと子どもたちの心も動くのだろう。

　それから私はお金をねだるこどもたちに会ったときに、どう
しようとおろおろせずに、自信を持って、子どもたちの髪をな
でたり、肩に手を置いたりしながら、
「あげられないの。お金はあげられないのよ」と私は言うように
なった。

　子どもたちは私の目をじーっと見て、小さく頷いた。ある子は、
お金もあげていないのに、私に「ダンニャバード（ありがとう）」
と言ってくれた。
　私はまた胸がいっぱいになった。与えられた人生を一生懸命
生きるということは決して、あきらめて生きていくことじゃな

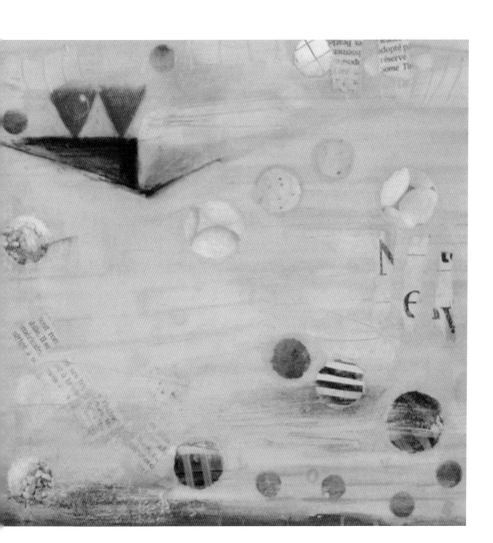

いんだ。

　ストゥーパの敷地内には不思議なことに、インドの様式である仏塔が建っていたり、違う宗教であるヒンズー教の神様の像が立っていたりした。

「ネパールでは、いろいろな宗教があります。
　イスラムの人、仏教の人、人数は少ないけれど、キリスト教の人もいます。けれどヒンズー教の人が、仏教の人やキリスト教の人を否定したりはしないのです。
　私が日本に行くとします。タイを通っていっても、インドを通っていっても、飛行機で行っても、船で行っても、最後には日本につきます。宗教は乗り物や道筋のようなものです。
　本当のことはひとつだから、乗り物や道筋は違っても、同じなのです。」

　建物の奥の薄暗い部屋には、一面に直径７、８㎝くらいのお皿がたくさんたくさん置かれていて、その中に、融けた、蝋（ろう）かオイルのようなものと芯になる布が入れられていた。そ

してその一つ一つに火がつけられていた。

　空気がわずかに動くたびにすべての炎がふわーっとひとつの生き物のように波うって揺れた。私はお皿につけられた炎は、一人ひとり、いえ、人間だけでなく、動物や植物や建物や海や地球や宇宙などのそれぞれの命で、その命はすべてつながっていて、またひとつの命なんだということを表しているような気がしたのだった。

　私は、ネパールだけでなく世界中のいろいろな場所に行きたくなった。

　どの宗教でも、祈ることはつながることなのだろうか？　それならなぜ、踊りや歌で〝キラキラ雪〟が舞うのだろうか？　つながるということはいったいどういうことなのだろうか？

　旅から日本に戻ってきても、私は心をネパールに置いてきてしまったようだった。ぼんやりすれば、すぐにネパールへ心を飛ばすことができた。

　空気の感じもにおいもすぐに思い出すことができ、市場の雑踏へもすぐに心を飛ばすことができた。

一度出かけた場所へはすぐ、心を飛ばすことができるのだろうか？

　　旅は素敵だなあと思う。
　　遠いところにも、
　　空があって
　　人がいて、暮らしがあって
　　短い旅でも、その暮らしの中に
　　はっとすることがいっぱいある。
　　自分の生活とすごく違うことにもはっとするし
　　同じだということにもはっとする。

　講義のない時間は、図書館ですごすことが多くなった。大学の図書館には、いったい何冊の本があるのだろう。本は、書いた人の気持ちの集まりだ。そんなふうに考えれば、ここには何万も何十万もの気持ちが集まっている。
　けれど、本棚の本たちは、いつも無口だ。いつ手にとってもらえるかなんてわかりはしない。それでも自分を主張したりせずに、ひっそりとそこにいる。そして、もし本をあければ、読

む人を本の奥へと誘い込む。

　心が、はるか遠いアフリカへ行ったり、宇宙に飛んで行ったりもする。

　誰かに恋をしたり、動物や植物の不思議に心が奪われたりもする。けれど閉じられた本は、控えめでそんなことはおくびにも出さないのだ。

　たくさんの本たちの間で、時間をすごすのはとても気持ちがよかった。

　私の足は、自然と旅に関係していそうなところへと向いていった。人類学、世界史、世界遺産、そして世界の写真集……。

　なにげなく開いたページは、ペルーのマチュピチュだった。

　天空の城、あるいは空中都市と呼ばれるマチュピチュ。

　私の心は一度も行ったことのないマチュピチュの空に引き寄せられた。写真にはマチュピチュのことが書かれた文章がそえられていた。

　　……＊……

標高２，２８０メートルの頂上にマチュピチュはある。マチュ
ピチュとは老いた峰を意味する。そしてそのそばにそびえ立つ
ワイナピチュは若い峰という意味である。山裾からは、マチュ
ピチュを見ることはできないため、忽然と空中に現れたという
印象があり、空中都市とも呼ばれるこの遺跡は、宗教都市では
ないかと思われている。

太陽にもっとも近いところで、祈りをささげたかったのだろ
うか？　夏至のための窓や、冬至に関係すると考えられている
窓もある。

広大なマチュピチュその面積の半分は、斜面の段々畑であり
さまざまな作物が植えられていた。種をまく時期、収穫時期を、
彼らは正確に知っていた。

市街区は、居住区の他に神殿や宮殿などに分かれている。

周囲には、現在の技術では組むことができないと言われてい
るほど、精密な組み方で作られた素晴らしい石組みの城壁があ
る。

最近はマチュピチュは貿易都市ではないかとも言われている。
また現代の情報網にも匹敵するような高度なしくみがあったと
も思われている。

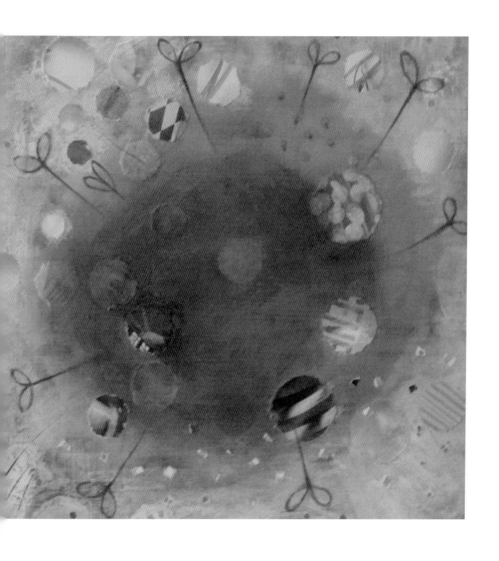

１６世紀半ば、インカの人々はマチュピチュを残して消えてしまう。

　１９１１年にアメリカ人歴史学者ハイラム・ビンガムが初めて発見したときには、マチュピチュは森や草に覆われた廃虚となっていた。

　　　……＊……

　人がなかなかたどりつけない空中の宗教都市。あそこにいけば、私もつながれるかもしれない……。

48　机の上に世界地図を広げた。マチュピチュがあるペルーは果てしなく遠いところにあった。私は小さくため息をついた。

　ペルーは地球の裏側にあるんだ。そこは、丸一日飛行機に乗らないとたどりつけない遠い場所。

　それでも私の決心は変わらなかった。すぐにインターネットで、ペルーへ行く格安のチケットの値段を見た。

　私はその足で学内にあるアルバイト情報センターへ行った。そして、夜のドーナツ屋でもバイトを始めた。

　雨の日も晴れの日も、家庭教師のバイトが終わるとそのまま

ドーナツ屋へ向かった。

　夜の電車はとても静かだ。その日は雨が降っていた。

　電車の窓にはりついた雨のしずくたちが、震えながら上がっていく。私はおしゃべりする相手もなく、なんとなく人生のことなんかを考えていた。

　わたしはどうしてこんなにもつながりたいんだろう。そしてどうやったらつながれるんだろう。

　考えても考えても、答えはどうしても出なかった。

　バイトが終わるとぐったり疲れて、ただ一人部屋の中でぼおっとしていた。

　真夜中の部屋でたったひとりぼっちでいることは、
　星空の下の光る砂漠にいるみたいだ。
　私はそのうち砂の上にぽつんと置かれた寝袋に
　深くもぐりこんで眠りにつくのだろうか。

また夏がやってきて、私はとうとうペルー行きの格安ツアーに参加できることになった。

　飛行機はそうそう簡単に、私を地球の裏側の目的地ペルーへは運んではくれなかった。２８時間、誰とも口をきかずに足を折って座り、ひたすら毛布にもぐりこんで飛行機に乗り続け、そして私はついにペルーに来た。

　ちょっとしたアクシデントがあったらしい。私たちが申し込んだペルーでの格安ツアーがなぜかなくなっていたらしく、旅行会社の人が、どこかのグループに入れてくれたようなのだ。
「あなたたちはすごく運がよかった。こんなに運がいいことはないよ。今日案内してくれるのは、リマにある博物館のミスター・サカネだからね。最高に素敵な旅になると保証されたようなものだよ。こんなにいい旅はないよ」

　ミスター・サカネは大きな体の恰幅のいいおじさんだった。笑うと目に優しいしわが見えた。
　まおは、会ったことのないおじいちゃんの若い頃の写真を思い出した。

おばあちゃんは写真の前で、おじいちゃんの話をよくしてくれた。

「おじいちゃんはね。その当時には珍しく、世界中いろんなところを旅してね。いつか私を旅に連れて行ってあげると何度も言ってた。おばあちゃんは結局、中国に一度行ったきりだったけれど、おじいちゃんはその旅の間中、どこへ行っても、人間はすごいなあ、人間は素晴らしいなあって言ってたわ。

　それでね、私はおじいちゃんと手をつないで、中国のいろんなところを見て回ったの。おじいちゃんの説明を聞くのはとても楽しかったわ。まおのおじいちゃんは本当に物知りだったのよ」

　おばあちゃんは、そう言ってよく笑っていた。

　きっと私のおじいちゃんは、ミスター・サカネのような笑顔をしていたんだろう。そしてミスターのように大きな手で、おばあちゃんの小さな手をにぎったんだ。

　私はよくおばあちゃんのことを思い出すけど、でも、旅に出るといっそう自分のことや、おばあちゃんのことを考える気がする。

旅は、自分の居場所を離れて
遠くに行くけれど、
遠くに行くことで
本当は
自分の心の中を
旅することになるのかもしれない。

私たちはナスカへ来た。セスナに乗って、ナスカ高原を飛んだ。
　下を見て、目をこらすと、宇宙人、サル、ハチドリ……。テ
レビや本で見た地上絵が実際に眼下に広がっている。

　ナスカの地上絵……。下で見ていると、いったいそれが何な
のかもわからないのに、こうして飛行機に乗って、はじめてそ
れが巨大な絵だとわかったのだ。
　急に何かわからないものがこみ上げてきて堰を切ったように
涙が止まらなくなった。

「泣いているの？」

隣にいたミスターが声をかけてくれた。
「わからないけど泣けるんです。きっと本当だったら、こんな景色、神様しか観ることができなかったはず。そう思ったらなんだか泣けてきたんです。
　私、ペルーに来たくて、半年間ずっとずっとバイトして節約してきて、ペルーに来れてよかったなあって思って」
「そうかそうか。いや、よく来てくれたね」
　ミスターはまた笑った。

「君の言うとおりだ。本当にそうだよね。
　飛行機もない昔だったら、まさに神しか観ることができなかった景色だよ。

　私の日本の友だちが、おもしろいことを言うんだ。養護学校の子がまるで地図のように、上から観た絵を描くんだそうだ。遠足に行っても、デパートに行っても、同じように上から観た絵を描くんだそうだ。
　あまりにきちんと描くから、縮小コピーで小さくした実際の航空写真や市販の地図の上に、彼の絵を合わせてみたら、驚い

たことに、彼の絵と地図が１ミリも違わずにぴったりと重なったんだそうだよ。

　友だちはその子が心を空に飛ばせるんじゃないかと思うと言ってたよ。

　そして、その子なら、ナスカの地上絵を描けるかもしれないって。

　インカの人たちも心を空に飛ばせたんだろうか。その時、人は神とどんな話をしたかったのかなあ」

　私は自分がどうかなってしまったのじゃないかと思った。涙があとからあとからあふれてとまらなくなってしまったのだ。

　一生懸命ハンカチで涙を拭きながら、私はただただ、ミスターの言うことに頷いていた。

　やがて「手」と呼ばれている地上絵が見えてきた。
片方の手の指は四本だった。

　ミスターがみんなに説明をした。

「インカの人たちは、四本の指、あるいは六本の指の手を持つ人たちを、特別に大切な人たちだと敬っていた節があるのです。

私の天野博物館には〝祈りの手〟と呼ばれる織物があります。織物の中央に六本指の手が織られ、その周りをぐるりと囲んで五本指の手が織り込まれている。

　まるで五本指の手が、六本指の手を守るように、敬っているように見えるのです。

　特別な形に生まれてきた人は、理由があって、特別な形に生まれてきたのに違いない。だから尊いって言うことなんだなあ。

　私はどうも、インカの人たちがすべての現象が必要だからこそ、そこにあるんだ、たとえば、いいことも、悪いことも、すべてが大切だからあるんだということを知っていて、そして自分を含めたすべてのものをありのままを受けとめていたんだと思えてならないんですよ」

飛行機を降りるとひんやりとした空気が体を包んだ。足下が
ふらついた。少し、飛行機酔いをしたのかもしれない。

「大丈夫ですか？」
　急に後ろから声がかかった。青いフリースを着た、背の高い
青年だった。
「すみません。大丈夫です」彼はじっと私を見た。
　数秒の間があって、それから彼はまた口を開いた。
「ミスター・サカネは、あのときどうしてあんな話をしたのか
な？」
「あのとき？」
「いや、心を空に飛ばせる子どもがいるだなんて……」
　私たちの話を聞いていたんだ。
「聞いておられましたか？」
「すみません。隣に座っていたものだから、聞こえてしまったん
です」
　私は、わけもなく涙を流したことが恥ずかしい気もしていた
のと、〝どうしてあんな話をしたのかな？〟という彼の言葉の意
図を測りかねていた。

「自閉症という言葉を聞いたことがありますか？」

「じへいしょう……。いいえ、わかりません」

「おそらく、ミスターが話していたのは自閉症の子どものことだと思うんだ。

　他にもいろんな不思議な力を持っている子どもたちが多いから。

　音符も読めないのに一度だけ聞いた曲をピアノで演奏できたり、日付から曜日を当てることができたり…

　でも自閉症と言われる子供たちだからと言って、必ず何かすごいことができるかと言ったらそんなことはないんだ。

　それに、すごく不得意なことも多いんだ。生きづらいことも多いと思う」

　私は口の中で、「じへいしょう」という言葉を繰り返した。空に心を飛ばせて、上から観た絵を描ける子どもたち、

　一度だけ聞いた音楽を、頭の中で鳴り響かせてピアノを弾く子どもたち、そして日付を言えば曜日を言いあてる子どもたち。

　たとえ得意なことなんかなくても、きっと心の中に素敵な世

界を持っているに違いない。ああ、なんて魅力的な子どもたち
だろう。
　会いたい、いつかきっと会いたいと思った。

「私、子どもたちと、友達になれるかしら？」
　あきらと名乗ったその青年は急に、さめたような顔つきにな
り、
「さあ、どうかな」とそっけなくつぶやいた。

　私たちは電車に乗って、それからバスに乗って、標高の高い
ところへと登っていった。そしていよいよマチュピチュについ
た。ゲートをくぐると、マチュピチュの風景が見えた。

　図書館の写真で見たのとおんなじだ。すぐ目の前には、あの
マチュピチュの街があり、そして、その奥にはワイナピチュと
いう山がそびえている。
　整然と並んだ石垣の街。段々畑。それを見ていると、私の中
の何かが整理されていくような不思議な気がした。
　文字を持たないインカの人たちは宇宙からどんな情報を得て、

それを発信していたのだろう。

　私は図書室にあった、大きな写真集を思い出していた。

　リャマが、遠巻きに、私たちをじっと見ていた。仲良くなる
のが難しいと言われるリャマと友だちになるのはやっぱりとて
も時間がかかった

　私は午後の自由時間を、マチュピチュの中にいた野生のリャ
マのそばですごした。ようやくさわらせてくれたリャマの背中
の毛は思ったよりもずっと固かった。

　マチュピチュの夜は、新月だった。星は空をうめつくすほどで、
一生分の星を観たんじゃないかと思うほどだ。

　天の川は雲のように見える。あまりの星の数に、星座を見分
けるのがむずかしい。

　ミスター・サカネの声は、美しい星の空気の中から、優しく
にじみ出てくるように思えた。

「昔、ギリシャでは星と星をつなげて、星座を作ったけれど、ペ

ルーでは星が多すぎて、星をつなぐという考えはなりたたなかっ
たのだろうね。

　だからインカの人たちは、星をむすんで星座を見るという見
方ではなく、星のないところの黒い空（くう）の部分の形を、
いろいろな動物に見立てるというようなことをしているんだ。

　ナスカでもお話させてもらったけれど、光があたった場所だ
けでなくて、影の部分も自分たちが生きていく上で、とても大
切なものだということが、インカの人たちにはわかっていたん
だろうね。

　ペルーは宇宙にとても近いところだよ。

　宇宙に近いから、宇宙と簡単につながれたんだろうね。だから、
本当に大切なことは何かということを、インカの人たちはみん
なわかっていたんだね」

　私はミスターの口から「宇宙とつながる」という言葉が出た
ことにとても驚いた。とても驚いたけれど、もしかしたら、私
は何かに導かれてここに来たんじゃないかという気がした。

　何かとは、たぶん、宇宙だ。それから天にいるおばあちゃん、
そして、おばあちゃんが話してくれたすべてとつながった世界、

それから神様。

　別に宗教は何だっていい、リータがどれも本当は同じだと教えてくれたから……。その何かが、私をここへ導いてくれたんだ。

　私たちは、その日、マチュピチュのすぐそばにある、サンクチュアリー・ロッジというホテルに泊まっていた。

　そのホテルはほとんどマチュピチュの中にあると言ってよかった。

　窓の外にはマチュピチュを取り囲んでいる美しい山がそびえている。そして部屋の上には、あの美しい星々が輝いているのだ。ベッドは窓のすぐそばにあり、カーテンをあけると、すぐそこに星を感じることができた。目を閉じて星と星の間の空間を思った。

　そのときだった。

　私の体の細胞の隙間に、空の紺色が入ってきた。脳の中も紺色になり、体の中も紺色になった。

　私は今、もしかしたら、つながれているのかもしれない。

　私はとても自由だった。

体中が、すべてのことから解き放たれているようだった。

　机の上で牧場の地図の絵を描いている子どもが現れた。すごく楽しい気持ちになった。
　私はたぶんそのとき、子どもの心とつながれたのかもしれない。描きたくてしかたのない気持ちが、どこからかわきあがってきて、
　私は画用紙の上に地図の絵を一心に描いていた子どもになった。私の上には、美しい〝キラキラ雪〟がたくさん舞っていた。ダンスをする人やギターをかき鳴らす人の上に〝キラキラ雪〟が現れたように。
　絵を描くこともまたつながることなのだ。人が表現をするのは、つながろうとする行為だったんだ。

　私はいつしか、ナスカの草原の上に立っていた。そして私はナスカの人になっていて、地上に絵を描いていた。もしかしたら、私は宇宙を通して、今度はナスカの人の心につながれているのかもしれなかった。
　私が描いていたのは、４本指の手の絵だった。家に４本指の

子供が生まれた。

「片方の手の指が４本ということが宇宙の思いであるならば、私はそれを受けとめます。心から感謝しています」

　そのときのナスカの人の思いが、自分の体の中の、細胞ひとつひとつに広がってきた。

　私はその思いを胸に抱いて、心を宇宙に飛ばしながら、四本指の手を描いていった。平原の黒い土をゆっくりとかかとで土をさぐるようにしながら、歩きながら描いていった。黒い土の下から表れた白い土を線にして、大きな大きな絵を私は描き続けていた。

　あたりには〝キラキラ雪〟がたくさんきらめいていた。

　私は深い感動の中にいた。ナスカの人たちの絵は祈りだったんだ。そしてつながることだったんだ。そして受けとめることだったんだ。

　朝まだ暗いうちから、私たちはマチュピチュの中にいた。マチュピチュで日の出を見るためだ。私の中で何かが確かに変わっていた。

昨日の夕方と同じ場所に立っていたけれど、でも、私には、ぜんぜん違って感じられた。
　昨日という日があって、その夜を越して、前の日の私と今日の私が、違ってきたのかもしれないと思った。

空の色が変わっていく。
黒から濃紺へ。
濃紺から深い青へ。
空には雲は一つもない…。

　山の端から、ついに光が現れた。光は何本もの帯となった。そして光と反対にそびえている山、ワイナピチュのてっぺんを照らしていく。いや、私には、それがまるでワイナピチュを、そして、しだいにマチュピチュの街を包んでいくように見えた。
　そのとき、私の体は昨夜の感覚を思い出した。朝だけれど、今、私たちは宇宙にいるようだ。

そうだ、天空にこのマチュピチュは存在し、
私たちは宇宙に確かにいる。

私たちはみんなでひとつ。
なにひとつの不足もなく
なにひとつの余分もなく
みんな与えられたままを受けとめて
ただ歩いていけばいいんだ。

　私たちはいつしか、〝キラキラ雪〟につつまれていた。朝の光の中で、いっそう〝キラキラ雪〟は輝いていた。

　大昔から、毎朝、朝日はのぼり、ワイナピチュを照らし、マチュピチュや、マチュピチュの植物や岩石、動物や人々を包んできたのだろう。朝日が私の足元に届いたとたん、光は背中や体を温かくつつんだ。さっきまで寒くてふるえていたのに、お日様の力はなんてすごいんだろう。

　この星が生まれてから、延々と繰り返されてきた朝を迎えるという瞬間の、たくさんの中の今日という一日に、こうしてマチュピチュにいられることに、私は心から感謝した。

　私たちはマチュピチュからまた道を下って、名前は知らないけれど、やはり石垣の見事な小さな遺跡に行った。そこでは、

昔からのペルーの祈りを見ることになった。

　夜のとばりがおりていた。
　今日も満天の星が、空でささやき続けている。
　遺跡の上では火が焚かれた。
　闇の中で、火の色が浮かびあがる。
　炎は形を持たないけれど、
　でも次々にいろいろな形を作っては、
　めらめらと跳ね、踊りまわる。
　炎にはきっと命があるのだ。

　ミスターが言った。
「古い古い遺跡を見つけて調査をしていると、おもしろいことに気がつく。たとえ土器も服もなにも出てこなくても、火が焚かれた跡が必ず見つかる。それも、一番宇宙に近い場所に見つかるんだ。食べ物を焼くためじゃない。たぶん、祈るためだと思うね。
　世界中どの遺跡であろうと、必ず見つかるのは祈りための場所だ。人間はどうして祈りたがったんだろう。どうして祈らず

にはいられなかったんだろうね。

　僕は、祈りは人間の遺伝子に組み込まれた本能なんだろうか
と、考えてしまうことがあるよ。

　僕たち考古学者は、最初は、他の文明や他の遺跡とどこが違
うか、そればかり考えてきた。

　でも今は、違うんだなあ。どうしてどこでも同じなのか……。
そればかりに目がいってしまうようになったね」

　頭の周りに、羽をつけたペルーの人たちが、炎の周りを回っ
ている。足を前後ろにずらして、体を前後に揺らしながら、人々
は声をあげて踊っていた。

　また〝キラキラ雪〟が宇宙から降り注いでいた。

　二つの遺跡を見た次の日、ミスター・サカネは天野博物館に
連れて行ってくれた。

　展示室にはたくさんのインカの土器や織物が、きれいに整理
されて展示されていた。

　ミスター・サカネは奥の部屋から「祈りの手」と名付けられ
た織物を出して見せてくれた。絨毯ほどの大きさのある大きな

織物だった。織物にはたくさんの手が織り込まれていて、驚く
ことに、大きな織物のその真ん中の手は6本の指を持っていた。

　端っこではなく、真ん中に、その手はそこにいた。周りの手
は真ん中の手を守っているのだろうか？　それとも、真ん中の
手が周りの手を守っているのだろうか？　それとも、お互いに
支え合っているのだろうか？　私は昨日の夢の中にいた。

「片方の手の指が4本ということが宇宙の思いであるならば、私
はそれを受けとめます。心から感謝しています」
　私はナスカの人になっていた。心は胸や頭の中にあるわけ
じゃ、きっとないんだ。ナスカの人の思いは、自分の体の中の、
細胞ひとつひとつにどんどんと広がってきた。その感覚がよみ
がえってきた。

　ナスカの人が心を宇宙に飛ばしながら、4本指の手を描いて
いったように、6本指の手と5本指の手を、織り込んでいった
んだろうか？
　私たちはそのあと、キープという名の、縄に縄を結んだもの

をみせてもらった。

「 基準の縄に何本もの縄が結ばれている、その基準の点からの長さが位を表し、結び目の数の１から９までが、１バイトとなってデジタル情報を伝えていて、色もまた情報を伝えていたらしいんだ。

　これを飛脚が３日間で千キロを走って伝えたと言われている。

　公営の場所にはこの情報を読み解く者がいたそうだよ。文字がなかったインカ帝国において、なんとデジタル通信が行われていたんだ。

　驚くべきことだね。

　本当に不思議なことはたくさんあるよ。キープを見ると、曜日の計算なんかもできていて、うるう年計算さえされていたんだそうだ……」

「 え？　カレンダー計算？　何曜日かを割り出すということですか？」

　急にあきらが、驚いたようにミスターに尋ねた。

「 そうそう。そうなんだ。

　ほら、前にも話しただろう？　養護学校に勤めている友だち

のこと。その友達は養護学校の子どもたちの中に、何十年前でも、何十年後でも、ピタリとその日の曜日をいいあてる子がたくさんいると言っていた。

ある子は、日にちを聞くと、火曜日なら火曜日、水曜日なら水曜日のイメージが広がるんだそうだ。

昔、日本には、数にも言葉にも魂があると言ったそうだけど、それは数霊（かずたま）の働きだろうかね。

それから、どんな国の言葉でも、わかる子もいるそうだよ。

たとえば、どんな国の〝おはよう〟でも、〝おはよう〟という言葉には共通した色と形があるんだそうだよ。

それから、〝犬〟なら〝犬〟、〝時計〟なら〝時計〟、〝悲しい〟には〝悲しい〟の共通した色と形があるんだそうだよ。

だから、どこの国の言葉であろうと、自分の知っている言葉の色と形に照らし合わせれば、〝おはよう〟も〝犬〟も〝時計〟も、それからどんな言葉でも、みんなわかっちゃうって言うんだ。

僕たち人間はただむやみに、言葉を作っていないんだな。

世界中、どこであっても、人類は、言葉というものを宇宙から与えられて、そして宇宙とつながって、自分たちの言葉を作っ

たんだろうなあ。

　言葉にも魂はやどるっていうけど、言霊ってのは本当にあるんだなあって友だちの話を聞いて思ったね。

　それが証拠に、犬は我々の言葉をわかるけど、我々には犬が何を言いたいかわからない。

　たぶん、動物たちは宇宙とつながっているから、わかるんだろうね。

　子どもたちはすごいことを我々に教えてくれてるよね。それは、人間のすごさだと思うな。

　人間って素晴らしいよ。それから、我々は素晴らしい宇宙に生きている」

76

　あきらが涙ぐんでいた。その涙の意味を、私にはそのとき少しもわからなかった。

　ただ私には、ミスターの言葉は、会ったことのないおじいちゃんが、旅の間、おばあちゃんに話をしたように、今度はミスターを通して、私に語りかけてくれているような気がした。

　私たちはそれから、どうやって作ったんだろうと思うほどの

小さな、1ミリほどのガラスのビーズに、0,1ミリとか0,05ミリほどの穴があいていて、そこにちゃんと糸が通っているのを見て、歓声をあげた。

　このビーズを作ったのだって人間なんだ…

　私の心にはまた温かいものがこみあげてきた。

　いつまでも、ガラスの中の展示物をじっと見つめていた私に、ミスターはまた、話しかけてくれたんだ。

「インカの人たちの遺跡や、作ったものを調べていくときに、心の中にわき起こってくることは、不思議だけど、考古学でも、科学でもなく、生きていくことの意味だよ。

　僕は、ここで働く若い人たちにいつもこう言うんだ。

『学んでほしいのは人にどれだけやさしくなれるかということだよ』ってね」

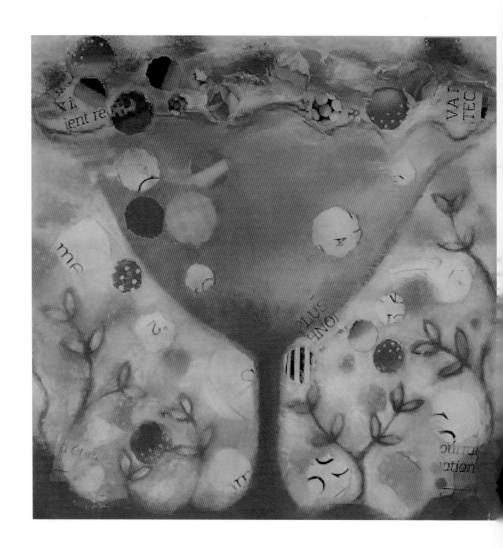

帰りの飛行機は偶然、またあきらと隣り合わせになった。帰り道はトランジットも含めて３５時間もかかった。私は友だちがいないわけではない。

　けれど、初めての人と仲良くなるのは得意じゃない。人見知りしてしまうのだ。

　東京からペルーまでの２８時間は、退屈だったし、知らない人と並ぶのが窮屈でもあった。

　だから帰りの飛行機が、少しでも話をしたことのあるあきらと隣り合わせだとわかったとき、ほっとしたのは事実だった。

　飛行機の中には小さな音で音楽が鳴っていた。『コンドルが飛んでいく』だ。ペルーで何度も聞いた曲だった。

「僕の兄貴、自閉症なんだ」あきらがぽつんと言った。

　私の心は急激に、その言葉に吸い寄せられた。

「お兄さんと私、仲良くなれる？」

　急にあきらが、笑い出した。

「そんなことを最初に言った人は初めてだよ。君、おもしろいね。

兄貴と仲良くなりたいの？」
「うん」と私は頷いた。
「本当にそんなふうに言ってくれた人は初めてだよ。
　いつも『お兄さんがそんなふうじゃ大変ね』とか『あきらくんがしっかりしなくちゃね』『手伝えることがあったら言ってね』なんて言われてきたんだ。

　僕はなぜだかそれがすごくいやだった。
　だから、隠しているわけじゃないんだけど、わざわざ言うことでもないから、だんだんと誰にも兄貴のことを話さなくなっていたんだ。
　でも、不思議だなあ。君には話したくなった」

「兄貴と仲良くなるのは簡単じゃないんだ。仲良くなるかどうかは、こちらが決めるんじゃない。兄貴が一方的に決める。
　たぶん初めて会ったときに、兄貴が自分の基準で決めるんだ」
「お兄さんの基準？　私、仲良くなれるかな？」
「あはは、きっとなれるよ。僕が保証する。だって会ってもいないのに、こんなに何度も仲良くなりたいって、君が思ってくれ

ているんだもの」

　私の心の中に急にぽっと灯りが灯った。
　私と仲良くしてくれる人がみつかった。
　会ってないけど見つかった。

「ミスターが言ってたみたいに、僕の兄貴は、何年前でも何年後
でも、もっとずっと千八百何十年とかでも、曜日がわかるんだ」
「素敵！　インカの人たちと同じ。きっと本当のことを知ってい
るんだわ」
「それは僕にはわかんない。確かに兄貴はすごい才能をいっぱい
持ってるけれど、そのために大変なこともいっぱいあるんだ」

　あきらはそれからお兄さんのこと、それから家族のことを話
してくれた。
　自閉症の人たちは五感から入ってくる情報が、選ばれずに入っ
てくるから、すごく大変なんだそうだ。

　私たちは聞きたい音や、見たいもの、それから味も知らず知

らずに、自分で選んでいるから、たえず、服のタグを気にした
りはしないし、自分の舌の味を感じていたりもしない。

　あきらと話しているときに、前や後ろのささやき声や、飛行
機の音やもっともっとたくさんの音なんてぜんぜん気にならな
い。

　でも、自閉症の人は感覚がすごく鋭かったり、ときには鈍かっ
たりするから、情報を整理しようとして、毎日同じものを食べ
たがったり、同じ時間に行動したがったり、いつも物を同じ状
態にしておきたかったりするんだそうだ。
　そのために、生きづらいこともたくさんあるのだとあきらが
教えてくれた。

　それからお兄さんは記憶力がすごくて、過去の悲しかったこ
とやつらかったことは薄れることないから、思い出すたびに、
心がつらくなるんだそうだ。

「そういうことが、他の人にとってはすごく奇妙に映ってしまっ

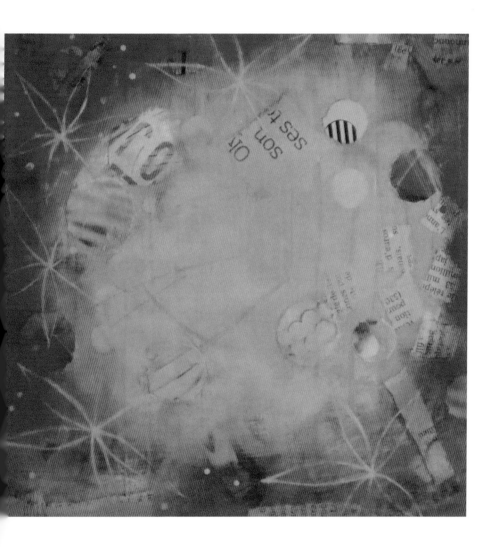

たりするんだ」
　あきらが、ため息をついた。

　あきらははっきり言わなかったけれど、これまでにいっぱい
いっぱい傷ついてきたんだ。
　あきらくんのお兄さんもきっといっぱい傷ついてきたんだ。
あきらのお母さんもお父さんもそうなのかもしれない。

　私は自分のことを考えていた。私は傷ついてきただろうか？

84

　たぶん、私は傷ついてきた。変わった子だと言われるたびに、
だめな子だと言われている気がして、つらかった。
　私は、傷つくのがいつも怖かった。傷つくことからいつも逃
げようとしていた。けれど、私だって知らないうちに誰かのこ
とを傷つけてきたかもしれない。
　自分と同じ人なんて、誰もいやしないのに、どうして自分の
思いを押しつけてしまいたくなるのだろう。
　自分を大切に思うことと、相手を大切にすることが本当は同
じだということに、どうして私の想いはなかなかいたらないの

だろう。

　ああ、誰のことも傷つけないそんな生き方はできないのかな。

　私はあきらに〝キラキラ雪〟の話をした。それは、今まで誰にもしたことがない話だ。

　正確に言えば、以前一度だけしたことがある。お葬式の日に、親戚の人たちの前で、「お経をあげると、空気中から〝キラキラ雪〟が生まれるんだね」と話したけれど「まおちゃんっておもしろい子ね」と半ばあきれ顔で、叔母が母さんに言っただけだった。

「空でおじいちゃんとおばあちゃんが笑っていたよ」と言っても、誰も私の言葉を気にとめてくれなかった。
　ただ、母さんが、「まおの大好きなおばあちゃんにさよならを言いなさい」と言い、父さんが「お世話になりました。成仏してくださいって言うんだぞ」と頭をポンポンとたたいただけだった。

私は〝キラキラ雪〟の話は大切に心の中にしまっておくことにした。私とおばあちゃんの大切な秘密。それでよかった。
　でも、私は、おばあちゃんとの約束はきっと守る。私は、〝つながる方法〟をみつけようとずっと思っていた。

「そっか、それであの夜。マチュピチュでつながれたんだ」
「うん。確かにつながれたの。
　そしてね、私、ナスカの人にもなったの」
　あきらは笑ったりせずに、ずっと私の目を見ながら話を聞いてくれた。
　そんなことはじめてだった。
　あきらは男の人だけど、おばあちゃんのように、私の話を、突拍子もない話だなんて思わずにいてくれるんだ。
　私はお兄さんのことを考えていた。記憶という形を持たないものは、どんなふうに脳の中に形をとどめているのだろう。どんなふうに、脳の中にしまわれているのだろう。

　私は忘れることで何かを失い、お兄さんは忘れないことで、やっぱり何かを失っているのだろうか。

飛行機の窓の外には半月が輝いていた。
　　びっくりするほど大きな半月。
　　こんなに大きなお月さま、
　　卵の黄身みたいに
　　濃い色のお月さま、
　　私、今まで見たことがない。
　　海にも月が映っていた。

「お月さまって海に映るのね。あんなに遠いところにあるお月様
は、地球のたくさんの場所を照らしているのに、私の見ている
あの海の一つのところに映ってるって、とっても不思議な感じ
がする」

　　夜になって、飛行機の中の灯りが消えた。

「手、つないでいい？」
　　あきらが私にしか聞こえないような小さな声で言った。私は
とっさに小さな声で、「うん」と言った。
　　あきらの手は大きかった。ミスターの手も大きかったなと私

はなぜかそんなことを思った。

　あきらと手をにぎったまま、どれくらいの時間がたっただろう。周りの人は、もうみんな眠っているのかもしれない。

　気がつくと、飛行機の音と、エアコンの音が別々に鳴っているのに気がついた。
　お兄さんには、いつも聞こえるのかなあと思った。

　急にあきらが、私の毛布をそっとよけて、私とあきらはキスをした。
　いつのまにか、飛行機の音もエアコンの音も、どこかへ行ってしまったみたいだった。
　それからあきらと私は毛布の下でまた手をつないだ。あきらは「少し眠った方がいいね」と言った。

　そして、何かを思い出したみたいに言った。

「今ね、僕、なんだか君が消えてしまうんじゃないかと思って、宇宙かどこかへ。急に心配になって」

眠った方がいいよと言ったくせにあきらはまたこう言った。

「たくさん話して、
たくさん抱きしめて、
たくさん笑いあって、

たくさんたくさん好きでいたい。

果てしない時間が流れる中で
舞うように
君と会えたから

君と会えたそのことは
大切なことにきまっている」

夜はすごく長かった。

手をのばせば

いつだって、あなたの優しい手がある。
あなたの手、こんな形。
あなたのにおい、こんなにおい。
会えないときも、
思い出せる。
あなたのあったかで
やさしい手のぬくもりが
私の体にひろがって
私はきっと、

忘れてしまった魔法を思いだす
昔の人があたりまえのように使っていた
不思議な力も
きっと誰かのあったかな手のぬくもりが
近くにあったのだと思う

日本に帰ってから、何度目に会ったときだっただろう。私たちは街の中を、手をつないで歩いていた。

　そして、そのときがやってきた。
　誰か男の人が、大きな声で何かを叫んでいた。
「通ります。通ります。通ります！」
人だかりができていた。
「あ、兄貴だ。ここにいて」
　あきらは人の輪の中へ入っていった。
「すみません、ちょっと通してください」
　あきらは叫んでいる男の人の背中をそっとたたいた。

「にいちゃん、どうしたの？」
「あ、君。この人のご家族？　工事中だから通れないって言うのに、この道をどうしても通りたいと言って聞かないんだけど、どうしたらいいのかな」
「すみません。兄は自閉症で、毎日この道を通ると決めているものですから」
「でも、困るんだよね。危ないから……。ほら、すぐそこを右に

曲がると、またあっち側に出るから」

「通ります。通ります！」お兄さんは言い続けていた。
　怒っているみたいだった。自分の頭を何度も何度も自分で殴っ
ていた。足をどーんと踏みならした。
　私はそばに行って、
「あきらくんのお兄さん」と小さな声で呼んだ。

　それだけだった。それだけだったけれど、あきらくんのお兄
さんは怒るのをやめて、私の顔をじーっと見た。そして「僕は、
あきらくんのお兄さんです」と言った。

　お兄さんはもう怒っていないみたいだった。それからお兄さ
んは私の手をとってくれた。
　もう道のことを忘れたのか、私と工事中じゃない道を歩き出
した。

「驚いたなあ。何か魔法使った？」
「何も。ただ、『あきらくんのお兄さん』って呼んだだけ。そう
したら、『僕はあきらくんのお兄さんです』ってお兄さんが言っ

たの。それだけなの」

　私はそのときのあきらの様子をずっと覚えている。
　あきらはたぶん本当は泣き虫じゃないと思う。でも、そのとき、私はあきらの二度目の涙を見た。

「僕が生まれてきたとき、周りのものは兄貴がどうなるか、すごく心配したんだそうだ。
　でも、拍子抜けするくらいに、兄貴は何も変わらなかった。
　別に寂しそうでもなく、一人でミニカーを並べていたんだそうだ。
　きっと家に赤ちゃんが来たことさえ知らないんだって大人たちは思ったんだそうだよ。
　僕は兄貴にとってどんな存在なのかなあと、自分が大きくなるあいだも、いつも思っていた。僕がいてもいなくても、兄貴にとっては同じなのかなと思ったりした。
　兄貴のせいでいじめられたことがあっても、そんなときも、兄貴は知らん顔で、自分の決めた通りのことを平然と繰り返していた。

兄貴は僕がいることすら気にしていないのにと思うと、なんと言っていいかわからない理不尽さがあった。
　でも、きっと違うんだよ。兄貴は悲しいことはずっと忘れない。いつまでもいつまでも、薄れることなく、その悲しみやつらさを覚えていて、ときどき悲鳴をあげるんだ。
　でも、きっと悲しいことだけじゃないよ。
　うれしいことだって覚えてる。
　兄貴はきっと僕が生まれたときに『あきらくんのお兄さん』になったことがすごくうれしくて、誇らしかったんだ。名字で呼ばれるより、名前で呼ばれるより、『あきらくんのお兄さん』って呼んでもらうのがうれしかったんだ。
　僕が生まれてきたことを、兄貴はきっと兄貴なりのやり方で、受けとめて、喜んでくれていたんだ。
　今になって、今になってやっとそのことに気がつくなんて」

　あきらのその涙を思い出すだけで、私は、あきらのことがもっともっと大好きになる。もっともっと大切になる。

　お兄さんは、工事現場から離れてもご機嫌だった。私も楽し

くなって、お兄さんと手をつないでスキップをした。

　お兄さんが急に立ち止まって

「豆パンはピノッキオ」と言った。

　そこは「ピノッキオベーカリー」の前だったんだ。

「おいしいよね。ピノッキオの豆パン」

　私が言うと、お兄さんはにっこり笑った。

「兄貴は小さいときから毎日毎日ピノッキオの豆パンを一個買って帰ってくるんだ。僕が小さいときからそう。それはずっと変わらない」

　三人でピノッキオに入ると、お兄さんは

「豆パンを１個ください」と言った。

　あきらくんのお兄さんは、カウンターに五十円玉ひとつと十円玉３つをきちんと並べて、豆パンを１個受け取った。

　それからまた

「豆パンを１個ください」と言った。またお金を並べて、それを３回繰り返して、お兄さんは、豆パンを３個買った。

　そして、「あきらくんに１個。僕に１個。そして……」

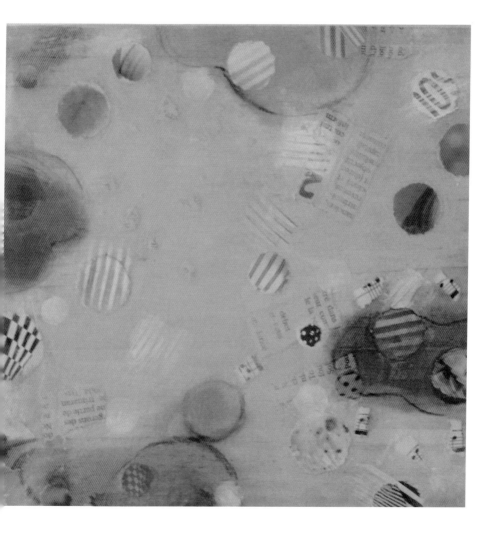

私の顔をじっと見て、あきらくんのお兄さんの動きは止まってしまった。

　私を何と呼んだらいいか、とまどっているんだ。

「私はまおという名前です」

「私はまおという名前です」

　お兄さんは私の名前を繰り返して言った。そしてにっこり笑った。

「まおちゃんに１個」

　ピノッキオのパンやさんの外にはベンチがあった。買ったパンをすぐにそこで食べられるように……。

　ピノッキオの豆パンはとってもおいしかった。なつかしい味がした。

　３人で食べた後、私たちはなんとはなしに公園に向かって歩き出した。銀杏の木が黄色く色づいていた。

　おばあちゃんのお葬式の日に見た大銀杏も、きっと色づき始めているだろう。

秋になれば黄色になる……
銀杏は誰との約束を
こんなにも律儀に守っているのだろう。

　あきらくんのお兄さんが、ぽつりと言った。
「本日の豆パンの豆は２２粒でした」
「すごーい。数えていたんだ」
「まおちゃんの豆パンの豆は何個でしたか？」
「ごめんなさい、数えていなかったから」
「まおちゃんの豆パンの豆は１８粒でした」

　私はそのときはっきりとわかった。お兄さんは数えているん
じゃないんだ。知っているんだ。だって私、豆パンの豆だけは
ずして食べたわけじゃないもの。ただどんどん食べていったん
だもの。

「あきらくんのお兄さん、知ってたの？」
　お兄さんは、目をすごく細くして、にっこり笑って、手をひ
らひらとさせた。

そして、片方の足を前に出して、ニコニコしながら体を前後に揺らしたのだ。

　その瞬間、今まで見たこともないほどのたくさんの〝キラキラ雪〟が、空気中からあふれ出し、あきらくんのお兄さんを包んだ。そして私たちを包んだ。
　私は空気中からどんどん生まれてくる〝キラキラ雪〟に包まれて、また涙が止まらなくなった。

「どうしたの？　まおちゃん」
　あきらはそんな私を見てとても驚いていた。
「すごい〝キラキラ雪〟なの。
　お兄さんの周りね、〝キラキラ雪〟でいっぱいなんだもの」

　私はアーンと声をあげて泣いた。なぜ泣けるかわからない。でも、心が揺さぶられて涙がとまらなかった。
「すごい、すごいぞ。そうだったんだ。そうだったんだ」
　あきらも何かを感じていた。そのあと私たちはまた公園のベンチに座った。

お兄さんは、きっちりと足をそろえて、私とあきらの間に腰をかけた。

　あきらのお兄さんの笑顔は最高だった。もし笑顔をとっておけたら、私はお兄さんの笑顔をポケットに入れて、悲しい気持ちがあふれそうになったら、お兄さんのほほえみを、ほんの少し取り出してかみしめるのに。

「 小さいときにね。兄貴の通う養護学校へ、母親に連れられて何度も出かけたことがあるんだ。参観日に校舎に入ると、声を上げながらジャンプしている男の人がいた。

　すごく高く飛ぶんだ。

　何度も何度も、声を上げながら飛んでいた。それから、いすを上手にくるくる回している人がいた。

　ハンカチを回している女の人もいた。どんなものでも、きっと中心をさっとみつけるんだ。

　それから自分でバレリーナみたいにすごく上手に、くるくる回っている人もいたなあ。

　やたらと指を折って何かを数えている人もいたし、お経のようにずっとコマーシャルを唱え続けている人もいた。

それから兄貴のように体を揺らしている人もいたよ。

　両親は、街中で体を揺らすと、みんなに変な目で見られるから、それは兄貴にとってもマイナスだから、やめさせようとしたんだ。
　だから、兄貴は外ではそれほどは揺れなくなった。
　大学へ行って、僕は自閉症について学ぶことになったんだ。
　これらの行動は〝常同行動〟と呼ばれているんだけど、どちらかというと、外界への刺激を遮断してしまうから、いい行動ではないって思われてる。
　でも、違ったんだ。兄貴たちは、体を揺らしたり、ジャンプすることで、つながっていたんだ」

「 あきらくん、私、あきらくんの話を聞いて、アフリカのマサイ族のジャンプを思い出したの。
　大きな声をあげて高く高くジャンプしていたわ。
　神様とつながるための踊りだと思う。
　ネパールに行ったときに、マニ車をくるくる回して祈っていた人がいたの。

102

それからね、ストゥーパというお寺の周りをぐるぐる右回りにまわるの。

　そうそう。数珠を数えている人もいた。それから、ペルーで火の周りで祈っていた人も体を揺らしていたわ。

　そう、そうよ。お兄さんみたいに揺れていた。

　イスラエルの嘆きの壁の前の帽子の男の人だって、そうよ、揺れている……。

　そっか。あきらくんの言うとおりだわ。

　それからおばあちゃんの言うとおり。

　人は昔から、みんなつながろうとしていた。

　何かわからない大きな力。

　神様かもしれないし、宇宙かもしれないし、わからないけど、何かとつながろうつながろうとして、祈ったり、瞑想したりしてきたんだわ。

　そしてもしかしたら、自閉症の人たちはつながることで、心が安定したり、うれしくなったり、それから、本当のことがわかったりするって、知っているのかもしれない。

　あきらくん、大発見。あきらくんのお兄さんたちは、祈っていたんだ。

そして、神様の言葉を聞いて、それを伝えてくれる人なのよ。
　それとも、宇宙がいいことでいっぱいでありますようにって祈ってくれているのかもしれない」

　私はなんだかすべてのことが、すとーんと心の中に落ち着いた気がした。

　私はいつしかマチュピチュの空の下でなくてもつながることができるようになっていた。

それはたいていは夜だった。

　太古の昔
　一日の始まりは日の出で
　一日の終わりが日の入りなら
　夜の時間はなんだったのだろう。

　私は夜になるのがいつも待ち遠しかった。

部屋の灯りを消すと、
天井の大きな窓から
たくさんの星が輝いているのが見える。
月の大きな日には、
ベッドが四角い窓の形に
照らされていることに気がつく。
ベッドに横になって、
星や月やそして濃紺の宇宙のことだけを考えていると、
目をつぶっても、そこにはひんやりとした宇宙があり、
たくさんの星がきらめているのが見える。
紺色の宇宙は私の心の中も同じ色でいっぱいにして、
私の体はやがて、宇宙に融けていくのだ。

時には私は、海のことを考えた。

眠るとき
わたしは今日は
海になろう。

海の水
海のあぶく
海の温度
寄せては返す
波を思う。

いつしか私は波になり
いつしか私は海になる

寄せては返す
太古の海の
波の記憶のそのかなた

わたしは夜に
海になる。
海に帰ろう。
体を原子までバラバラにして
私の原子は海とまざって、広がっていく。
海流に乗って、またいつか戻ってくるまで

私は海になっていたい。

「 おふくろがさ、今日、『まおちゃんってどこの子か知ってる ?』っ
て言うんだ。どこの子かって小さい子みたいに言ってる時点で、
なんだか笑っちゃったんだけどね。
　兄貴が毎日書いている日記に、まおちゃんっていう名前が、
　3度も出てきてるんだって。
　僕も兄貴に言って見せてもらったら
『まおちゃんがまたねと言ったので、またねっていつですかと聞
きました』って書いてあったよ」
「 兄貴はあいまいなのはちょっと苦手なんだ。
　またねとか、いつかねとか、ちょっと待っててとかいう言葉
は見通しが立たないだろう。
　たぶん、これも情報をきちんと整理しておきたいことに由来
するんだと思うのだけど、だからきっと不安になるんだ」

　そのあとあきらは、歯医者に通っている話をしてくれた。

「 治療で歯の型を取ったとき、その時の先生は、『固まるまで
ちょっと待ってくださいね』と言ったんだ。
　僕は開けたままの口がだるくなってきて、時間がすごく長く
感じられて、いったいいつまで続くのだろう、僕のこと、忘れ
られているのじゃないかと不安になった。
　そして、その後、再び型を取るということになったとき、
今度は前の先生じゃなくて、院長先生が診てくれたんだ。
　院長先生は、『固まるまで１０分ほどかかりますので、それま
で我慢してくださいね』と言った。
　僕ははこの〝１０分〟という言葉にすごくほっとした。
　そしてわかったんだ。
　これだ！　これなんだ。兄貴が曖昧な表現に不安を感じたり、
先の見通しが立たないことに恐怖を覚えることはこれと同じな
んだって思った」

　そしてあきらはこうも言った。
「 僕は今、同じって言ったけど、でも、兄貴たちはきっとその何
倍、何十倍、何百倍もの不安を感じるんだと思う」
　そんなことがあったので、私たちはまた３人で会うことがで

きた。

「 おふくろにさ、まおちゃんは僕の友だちだよって言ったら、そのお嬢さんはお兄ちゃんに障がいがあるってこと、知ってるのかって聞くんだ。
　このあいだ二人でいるときに、偶然兄貴に会ったから知ってるよって言ったら、おにいちゃんに会ったら、お嬢さんの気持ちは変わったりしなかったかしら？　なんて心配しててさ……　」

　私は、あきらが好きだ。
　あきらにはお兄さんがいて、
　私はたぶん、お兄さんがいるあきらが好きだ。
　もし、お兄さんがいなくても
　あきらが好きかもしれない。
　でも、いるんだから、いなかったらなんて、わからない。
　私はお兄さんを含めて、あきらが好き。

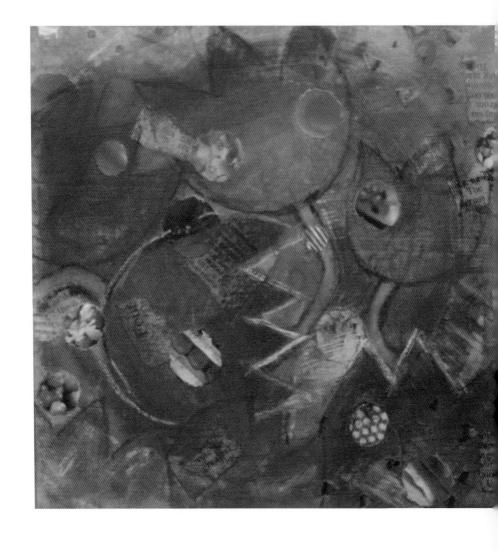

私がそう言ってもあきらはよくわからないようだった。
「それって僕が紺色の靴を履いていたら、紺色の靴を含めて僕が
好きっていうこと？」
「うーん、同じみたいだけど、やっぱり違う」

　　どう説明したらいいだろう
　　それはたとえば
　　思い出だ。

　　思い出が多くなるたび
　　もっともっと
　　あなたのことが
　　好きになる。
　　それは、たぶん、いっぱいの思い出が
　　私の中のあなたを作っていくからだと思う。

　あきらの中のお兄さんは、あきらの中で光る星のひとつのよ
うな気がする。私の中のあきらが、お兄さんがいることでもっ
ときらめくのだ思う。

あきらの家にあきらくんのお兄さんを迎えに行った。
あきらくんのお兄さんが
「ピノッキオの豆パンをまおちゃんと三人で一緒に食べます」と
言ってくれたからだ。
　ピノッキオはあきらの家のすぐ近くだった。

「兄貴の準備はゆっくりだから、上がって待っていてよ。僕、兄
貴をちょっとせかしてこようかな」

　私は緊張しながら、ソファに座っていた。

　あきらのお母さんとあきらは、優しい笑顔がよく似ていた。
「今日は、ありがとうございます。兄までご一緒させていただい
て」
「いいえ、私、うれしいんです。私もピノッキオの豆パンが大好
きです」

　あきらのお母さんはまた優しく笑った。

「あの子にとっては、ピノッキオは頭の中に描かれた地図の上での、大切な場所なのかもしれません」

　机の上にお茶を置いて、お母さんは私の顔を見ながら、話してくれた。

「今では笑いながら、話せるんですけど、あの子が、一人で出かけて私がここで待っている……。そんな毎日が来るなんて夢のようなんですよ。

　兄の方は、生まれたばかりの頃は泣くこともなくて、手のかからないおとなしい子だなあと思っていたら、いつの頃からかあの子はすぐに外へ走り出すようになりました。

　ほっと安心していられるのはあの子が眠っているときだけで、でも、眠っているから安心っていうわけでもないんですよ。

　もし私があの子より後に起きたら、あの子は私が眠っている横をすりぬけて、もう家にはいないかもしれないんです。

　目が覚めて、あの子がそばにいないと気がついたときは、まだ眠っている赤ん坊のあきらを、ただひっつかむように抱きあげて、あの子の後を追いかけたものです。

もし、あきらを家に置いていったら、いったいいつ、家に戻れるかはわからないんですもの。

　とにかく、あの子は足が速くて、追いかけて捕まえようとしても、するりと抜け出してしまうんです。

　そうなったら、もう、私には決して追いつくことはできない。
　だから私はただあの子のあとをそっと追うだけでした。
　赤ん坊のあきらがおなかをすかせて泣いても、おむつをずっとかえないまま、たとえおしっこもうんちも中でしていると分かっていても、それでおむつかぶれがひどくなっていっていることが分かっていても、おむつを替えたりミルクをあげたりなんてできなくて……。
　泣き叫ぶ赤ん坊を抱いて歩き続けている私のこと、周りの人には、鬼のように映ったんじゃないかしら。
　うふふ、でもね、そんなことなんて気にしてなんかいられなかったの。

　あきらにはずいぶんいろんな我慢をさせてきたように思うん

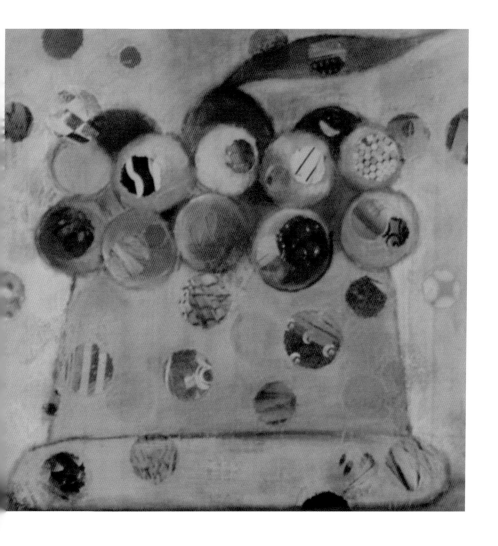

です。

　あれは、あきらが一歳半くらいのときでした。

　冬の荒れ狂う海にあの子が入っていったことがあったんです。

　まだ何もわからないあきらに、言い聞かせても分かるはずがないのに、ここにいなさい、すぐ戻るから追いかけてきてはだめと言い聞かせて、あきらを浜辺に置いて、あの子を海の中へ追いかけたことがあるんです。

　あきらは私の名前を呼んで、泣き叫んでいました。

　ママー、ママー、ママーって。

　無理ありません。

　まだ1歳半と言えば、親といつもくっついていなければ安心できない年頃ですもの。

　でも、あきらをつれて海に入ることなどできるはずもないし、それでも、追いかけなければあの子が死んでしまうから、

　私ったらね、そのとき、後追いするあんなに小さいあきらのほおをひっぱたいて、『ここにいなさい。言うことを聞きなさい』と叱りつけたんですよ。

　あきらは岸で泣き叫んでいました。

それでも、私はあきらを岸においてあの子を追いかけたんです。

　あきらはきっと覚えていないでしょうけれど、私はなんだかあきらのことを、勝手に同志みたいな気がしているの。

　私もあの頃、毎日そんなことが続いていて、だんだんと疲れ果てて、もう、何が起きてもしらない、今日は布団をかぶって眠ってしまおう。起きたときに、たとえあの子がいなくても、もう追いかけない、どうなってもかまわない、本当に、今日はもう追いかけることをやめようと思ったことも1度や2度ではなかったの。

　でもね、私が追いかけないと、今度はあきらが泣くのよ。『兄ちゃんが行っちゃうよ。兄ちゃんが行っちゃうよ』って。
　こんなに小さくても、兄を大切な家族って思ってくれているんだと思うと、私ひとりがんばってるわけじゃないんだって思えたの。

あの子を追いかけている途中、私が力つきて座り込んでも、あの子は決して振り返らないの。

　ああ、私が後を追っていようと追っていまいと、そんなことはあの子の気持ちの中にないのかなあ。

　そうだ、あの子の心に私など、どこにもないんだわと、おいかけるたびに、悲しかった。

　でもね、まおさん、違っていたの。

　あの子が小学校へ通うようになって、下校バスから降りると、あの子はまたいつも歩き出していたの。

　その頃、あきらは保育園が終わる頃、家で一人で待つようになっていたの

　あきらの友だちが『お母さん、お母さん』と甘えているのを見るとあきらのことがとっても不憫だった。

　でもね、あきらは一度も『お兄ちゃんばっかり』なんて言ったことがなかったの。

小学生になると歩くのも速くなって、下校バスから降りたあと歩き出すあの子に私はとうとう追いつけなくなって、あの子のことを毎日のように見失ってしまうのだけど、どうして道がわかるのか、夕方、日の沈むころになると、決まってスクールバスが停まるピノッキオの近くの駐車場へ帰ってくるようになったの。

　あの子は、初めての道でも決して迷わずに、いつのまにかピノッキオに戻って来るの。

　だからあの子を見失うと、私はいつもピノッキオに戻ってあの子が帰ってくるのを信じて待っていたの。

　あの子が帰ってくると、私たちはピノッキオで必ず豆パンを買ったんです。

　そして私たちは決まって車に乗って、二人で海に行ったの。

　夕日が沈むのを二人で見ていると、こんな静かな時間をふたりでもてるようになる日がくるなんて、考えもしなかったなあと幸せな気がしたものです。

　いつかもっと静かでゆっくりした時間が、あの子ともてるかも知れないという希望のようなものを感じたわ。

そんなふうに毎日をすごしていたんだけれど、私が急に病気になって、3日間、入院したことがあったのです。
　入院が急に決まったとき、主人も私も、あの子には私が入院したことを伝えてもわからないだろうと思っていたの。

　私が入院をした次の日の朝、主人が、あきらと一緒にあの子をスクールバスの停留所に送っていったの。

　あの子は　朝から落ち着かない様子だったんですって。でも、いつもと時間の流れが違うからだろうと主人は思っていたのね。

　スクールバスに乗せようとしたら、あの子が走りだったんですって。
　主人はあきらを抱きかかえて跡を追ってくれたのだそうです。
　どんなに名前を呼んでも、あの子は少しも後ろを見ずに走り続けたそうよ。
　疲れるということをまるで知らないみたいに、決して速度をゆるめずに。
　それから、横断歩道の赤信号でも、かまわずに、横断していっ

たそうなの。

　今でも主人はあのときのことをときどき口にするの。

　車の急ブレーキの音がすごく怖かったって。

　あの子が車にひかれたんじゃないかって思ったそうなの。

　車はピノッキオの駐車場に置いてきているし、タクシーを呼ぼうにも、今なら携帯電話があるから、なんとかなったのでしょうけれど、その頃は、そんなものはないし、公衆電話に入ったら、もうあの子はいなくなるかもしれないと思うから、主人もただ追いかけるしかなかったのね。

　もう昼もとうに過ぎてしまって、夕日が空に傾くまで、あの子は走り続けたそうよ。

　いつのまにか繁華街はとうに通り過ぎ、狭い路地に入ったそうなの。

　知っている道なのか、変わらずどんどん走って行って、そして角を曲がって行って、見失わないようにと急いだとたん、主人の足がもつれて、そのまま溝に落ちて、それで、抱いていた

あきらがけがをして、おまけに、顔も手も洋服もみんなどろどろ。
　主人もどろどろのあきらを抱いたから、顔も服もどろどろに
なったんですって。
『すごい顔だったんだぞ』って、主人は笑いながら話すの。
今は、もう笑い話なんだけど。

　そのとき、きっと主人の足は限界に来ていたのだと思うの。
　主人があわてて立ち上がって、歩き出し、角を曲がったとき、
もうあの子の姿はそこにはなかったんですって。

　主人はとうとう、あの子を見失ってしまったと思って、大あ
わてだったそうなの。

　うふふ、私、そんな主人の様子、観たかったわ。

　主人があの子の名前を大声で呼びながら、反対の路地を曲がっ
たとき、そこに広がった景色に息をのんだんですって。

　だってそこに広がっていたのは、青い青い海だったの。

狭い路地から急に広がった大きな海は、主人には思いもしなかった景色だったのね。
　そして港のコンクリートの端っこに、あの子は立ち止まっていた。

　そしてね、主人があの子のそばにいったとき、信じられないあの子の姿をそこに見たの。

　いつもいつも体を揺らしているか、ミニカーを並べながら、ただぶつぶつつぶやくだけで、表情を変えることがなかったあの子が、ポロポロと涙を流して泣いていたんですって。
　主人は、あの子を抱きしめて男泣きに泣いたんですって。
それを見て、あきらも主人に抱きついて、泥だらけの二人と、涙と鼻水だらけのあの子が、お団子になってくっついていたんですって。

　私はその話を聞いて、涙がとまらなかったわ

　あの子は海に来ようとしてたんだ。

突然目の前から消えた私に会いたくて、私を探していたんだわって、私にはわかったの。

　私はそのとき、やっと、あの子が毎日探していたものがわかった気がしたんです。
　あの子は学校バスを降りて、一人で歩き出していたとき、ピノッキオの前で待つ、私を探すために歩きだしていたんだわ。
　回り道のように見えても、あの子は夕方、日が沈む頃の私の姿を、ピノッキオで見つけ出すために歩いていたの。

　あの子が小さかったときも、きっとそうだったのだと思います。
　眠っている私のそばを抜け出して、あの子が会いたい時間の私を探すために歩いていたんだわ。

　こんなこと言っても誰もわかってくれないかもしれない。でも何年も何年もあの子のあとを追って歩き続けてきた私にはわかったの。
　あの子は私のことなど少しも気にしていないと思っていたの

に、違っていたの。

　私、すごくすごくうれしかったの。

　そしてね、またあの子と、あきらと、主人とみんなで前へ向いて進んでいけるって思ったの。

　あら、まおさん、ごめんなさい。泣かせてしまって。

　私はすごくうれしかったの。わかってくださる？」

　私は何度もうなずいていた。でも、涙の意味をすぐには説明できなかった。

　お母さんのうれしかった気持ちが、自分のことのようにうれしくて、泣けたんだろうか。

　それとも、ミスター・サカネが言っていたように、心を空に飛ばしながら、お母さんを探すために、一生懸命海へと急いだ、小学生だったお兄さんのことをいとおしく思って、心が揺れたんだろうか。

　それとも、あきらが赤ん坊のときに、海岸で母親を呼びながら泣き叫んだ日があって、お父さんと一緒にあきらくんのお兄さんを追いかけた日があって、たくさんの日の延長に、私の大

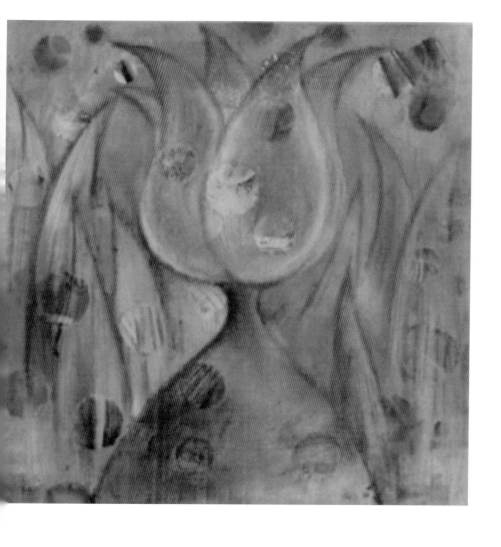

好きなあきらがあるということを知ったから涙が出たのだろう
か。

　　ドアのノブが回って、あきらくんのお兄さんが
「では、でかけましょう」と言った。

「お待たせしましたって、言うのよ」
　　あきらのお母さんは　本当にいつもニコニコしている。
「はい、いってらっしゃい」
　　お母さんは、あきらくんのお兄さんの背中を両手でそっと押
した。

　　きっとあきらのお母さんは、毎日同じように、お兄さんの背
中をそっと両手で押して
「はい、いってらっしゃい」と言ってるんだろうな。
　　私たちはまたピノッキオベーカリーに寄った。豆パンを買う
ために。

　　あきらくんのお兄さんが、

「豆パンを１個ください」と言った。
カウンターに五十円玉ひとつと十円玉３つをきちんと並べて、
豆パンを一個受け取った。お金を払うと、また
「豆パンを１個ください」と言った。
　３回繰り返して、お兄さんは、前と同じようにして豆パンを
３個買った。
　そして、
「あきらくんに１個。僕に１個」
　お兄さんは小さい声で、「私はまおという名前です」と言って
「まおちゃんに１個」と豆パンをくれた。

　近くにいた年配の女の人が私たちに声をかけた。
「お兄ちゃんはいつも、豆パンなんやね。
　おばちゃんはよくここへ来るから知ってるよ。いつも、そん
なきちんとお金を並べなくてもいい。違うパンもおいしいよっ
て言ってやってるんやけど、わからんのやろうね、
　それがやっぱり障がいなのかねえ。それでもえらいねえ。自
分でパンが買えて」

私はなんだか急に腹が立ってきた。
「豆パンが好きなんです。だからいいんです」

　あきらくんのお兄さんはいつもていねいに生きている。ていねいに生きるのが苦手な人が、ていねいに生きる人を不思議だと思ってもいいけど、自分の生き方を押しつけるのはおかしなことだ。
　私たちはまたスキップしながら、この前の公園に行った。銀杏の葉っぱはもう落ちてしまっていたけれど、もうすぐ冬が来る公園も、私はどこか温かい気がして大好きだ。

　私とあきらくんのお兄さんは、枯れ葉の絨毯を蹴散らしながらくるくる回って、笑っていた。

　雨が降っても
　空が青くても
　風が気持ちよくても
　私たちなら
　きっと

いつだって、歓声をあげられる。

　〝キラキラ雪〟がまた降ってくるのが見えた。

「 雪のにおいだ」
　あきらくんのお兄さんがつぶやいた。
　上を向いたら、白いものがひとひら降ってくるのが見えた。
　本当だ。〝キラキラ雪〟にまざって、本当に雪が降ってきたんだ。

　　大きな白い花びらが空からたくさん降ってくる
　　目を閉じていても見えるもの
　　耳をふさいでいても聞こえるもの

　　それこそが私の大切なもの
　　そんな気がする

　ずっと空を見上げていたら、おばあちゃんが雪になって笑っているように見えた。
　リータの言葉が、雪が降るみたいに私の中に降り注いできた。

「オンマニベネフンは、ありのままの自分自身、それから自然、それから出来事。自分の周りにある、あたえてくださったもののすべてをありがとうと感謝しているということです」

　ネパールの雨の中、お祈りをしていた人たち、ナスカの４本指の手の地上絵を描いた人たち、そしてあきらくんのお兄さんも、みんなが、つながることで、大きな宇宙の中で与えられた自分というものを、しっかりと受けとめてようとしているのだろうか。

　私たちはだいじょうぶだ
　これからどんなことがあったって
　誰もがみんなだいじょうぶ
　急にそんな気持ちになった。
　私たちはいつも大昔から、大きな何かと
　つながろうとしてきた。
　それは人間にそなわった
　素晴らしい本能なのかもしれない。

私たちはつながることで
自分を受けとめる。
宇宙（そら）はそんな私たちを
ネパールの目のように
きっと見守ってくれているんだ。

宇宙は、いつもささやいてくれる。
わたしの体の奥に眠る
遠い遠い記憶のこと。
いつもよみがえってくる波のこと。
遠い空と花のこと。
深い森と命のこと。
すべてのことにつつまれて
私たちは両手を広げてつながっていられる。

つながりたいという気持ちは
宇宙が、私たち一人ひとりの中に
残した足跡なのかもしれない。
だから、宇宙と私たちはお互いにいつも引き合うのだ。

だから、宇宙はいつも私たちを守ってくれる。
それは宇宙の私たちへの愛なのだ。

あきらも空を見上げていた。

「この雪は積もりそうだね。今年はホワイトクリスマスになるかもしれない」
　ひらひら舞う雪のあいだから、おばあちゃんが笑っているのが見えた。

　おばあちゃん、まおはこんなに大きくなったよ。
　私はいつも会いたくなればおばあちゃんに会える。
　海にも山にも空にも宇宙にも、
　おばあちゃんにもつながって、
　私は今日も生きている。

　だから、きっと大丈夫。

　これから、どんなに大変なことが起きたとしても、

たくさんの温かい光の中で、
私はいつも前を向いて生きていこう。

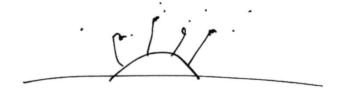

谷　真理子作品　「ちいさな絵」より

140

山元 加津子

やまもと かつこ

金沢市生まれ　富山大学理学部卒
元特別支援学校教諭　元気に遊び、作り、学ぶ日々
愛称はかっこちゃん

2010 年ユニヴァーサルデザイン協議会　基調講演
2012 年泉鏡花金沢市民文学賞受賞
日本各地で講演。海外では、シドニー、ニューヨーク、ロサンゼルス、
サンフランシスコ、ダラス、ホノルル、シドニー、メルボルン、パリ、
ロンドンなどで講演している

映画『1／4の奇跡』『宇宙の約束』『僕のうしろに道はできる』に主演。
『銀河の雫』の映画を制作し、2023 年には仲間と映画『しあわせの森』
を制作

著書に『リト』(モナ森出版)『きいちゃん』(アリス館)『魔女・モ
ナの物語』(青心社・三五館・モナ森出版)『手をつなげばあたたかい』
(サンマーク出版)『心の痛みを受けとめること』(PHP 出版)『星の王
子さま…大切な花を心にひとつ』(モナ森出版)など多数

また、2020 年にモナ森出版を立ち上げる

谷 真理子

たに まりこ

造形作家
石川県金沢市生まれ
金沢美術工芸大学工芸デザイン（染色）専攻卒業
その後2年間テキスタイルメーカー（在東京）で
企画・デザイン担当

特別支援学校で造形あそびを主とした美術の授業を展開

2004年より個展活動を中心に作品を発表
（金沢、東京、NY、軽井沢など）
近年は毎年軽井沢で作品展を開催
主な作品は、「ちいさな絵」とやきもの
「ちいさな絵」は、たてよこ17.5㎝の木をベースにして コラージュ
やパステル、アクリル絵具等で表現
やきものは手びねりで白い磁器のオブジェや器などを制作
不思議な花の世界に魅せられ 花や女性、宇宙や地球、自然などをモ
チーフにする

143

宇宙の足跡

2024 年 5 月 21 日　第 1 版第 1 刷発行

著　者　山元加津子　絵　谷真理子

発行者　山元 加津子

発行所　モナ森出版

　　　　石川県小松市大杉町ス 1 － 1

印　刷　㈱白樺工芸

ISBN978-4-910388-19-9